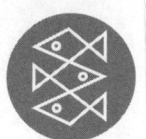

»Ich wurde den Verdacht nicht los, sie verwechselte Sex mit Brutalität, Unterordnung mit Liebe und Liebe mit einer Aufgabe.«

»Schöner kann man vom Glück und all den anderen Illusionen des Lebens nicht schreiben.«
Kolja Mensing, Frankfurter Allgemeine Zeitung

»Silke Scheuermann ist ein großes Talent. Sie ist eine Hoffnung für die deutsche Literatur – und also eine Hoffnung für uns Leser, etwas mehr über uns und unsere Zeit zu erfahren. Sie versteht sich auf die Kunst, in ihren Geschichten etwas vom besonderen Klima, vom speziellen Aroma der Gegenwart zu verdichten und damit sichtbarer, spürbarer zu machen, als es im Alltag ist.«
Uwe Wittstock, Die Literarische Welt

»Die Lyrikerin Silke Scheuermann stellt sich mit diesem Buch als spannende Erzählerin vor, die das Lebensgefühl einer neuen Lost Generation und deren großen Hunger im Lifestyle- und Wellness-Paradies messerscharf beschreibt.«
Glamour

Silke Scheuermann, geboren 1973 in Karlsruhe, lebt in Offenbach. Für ihr literarisches Werk erhielt sie zahlreiche Stipendien und Preise, darunter den Leonce-und-Lena-Preis der Stadt Darmstadt, den Hermann-Hesse-Literatur-Förderpreis und ein Stipendium der Villa Massimo. Sie veröffentlicht Gedichte und Prosa, darunter 2005 den Erzählungsband ›Reiche Mädchen‹, 2007 den Roman ›Die Stunde zwischen Hund und Wolf‹, 2010 das Kinderbuch ›Emma James und die Zukunft der Schmetterlinge‹, 2011 den Roman ›Shanghai Performance‹ sowie zuletzt, im Herbst 2012, den Roman ›Die Häuser der anderen‹.

Unsere Adresse im Internet: www.fischerverlage.de

Silke Scheuermann
Reiche Mädchen

Erzählungen

Fischer Taschenbuch Verlag

Veröffentlicht im Fischer Taschenbuch Verlag,
einem Unternehmen der S. Fischer Verlag GmbH,
Frankfurt am Main, Oktober 2012

Lizenzausgabe mit freundlicher Genehmigung
des Verlages Schöffling & Co. Verlagsbuchhandlung GmbH,
Frankfurt am Main
© Schöffling & Co. Verlagsbuchhandlung GmbH,
Frankfurt am Main 2005
Druck und Bindung: CPI – Clausen & Bosse, Leck
Printed in Germany
ISBN 978-3-596-19218-2

Inhalt

Krieg oder Frieden

Mit seinen weißen Altmännerhänden haut der Redner in die Luft, als wolle er dort seine Thesen festklopfen. Alle im Saal hören ihm zu, nur ich bekomme kein Wort mit; was mich betrifft, könnte der Vortrag genausogut von Raumfahrt oder Tulpenzucht handeln. Aufgeregt kontrolliere ich die Hinterköpfe vor mir, die eine bewegte Silhouette bilden, einer pendelt im Takt wie ein Metronom, das ist er nicht, er hat keine Segelohren, der da auch nicht, aber die Haarfarbe stimmt, warum nur ist der Hörsaal so riesig. Aber da, ziemlich weit vorne, dritte Reihe links, jetzt habe ich ihn gefunden, ich erkenne sein Profil und lächle, augenblicklich bin ich entspannter. Ich habe also richtig kalkuliert, was für ein raffinierter Plan auch, so zu tun, als sei ich ganz zufällig hier, interessehalber, und ohne damit gerechnet zu haben, Simon hier vorzufinden, bei einem Vortrag über Derrida und dessen Konzept von Gerechtigkeit, also seinem Spezialgebiet.

Im staubigen Lichtkegel, der durch eines der schlecht geputzten Fenster in den Raum fällt, taumelt eine Biene, und für einen Moment beneide ich sie um ihre Mobilität, wie unfair, daß ich nicht auch zu ihm rüberfliegen kann, sondern hier hinten sitze. Aber ich mußte ja auf die Minute kommen, weil mein Freund in der Annahme, ich hätte vor, einen entspannten Abend zu Hause zu verbringen, noch ein gemütliches Telefonat mit mir führen wollte, eines, das ich kaum unterbrechen konnte, ohne zu sagen, hör zu, ich kann nicht, ich muß mich beeilen, denn ich gehöre jetzt auch zu den Frauen, die eine Affäre haben, also laß uns morgen weiterreden.

Die Biene schreckt vor einem unsichtbaren Hindernis zurück, setzt sich auf den Boden, ich versuche, sie mit der Schuhspitze zu schubsen, und überlege, wie merkwürdig das Leben doch ist. Denn ausgerechnet hier, in diesem Hörsaal, habe ich Timo kennengelernt, als ich in der ersten Woche meines Studentinnenlebens eine Einführungsveranstaltung suchte, aber nicht fand, und statt dessen bei irgend etwas Betriebswirtschaftlichem landete, und nur, weil es mir zu peinlich war, wieder aufzustehen und hinauszugehen, blieb ich eineinhalb Stunden lang sitzen, ohne den Blick zu heben oder mich auch nur zu rühren, damit ich nur ja nicht aufgerufen wurde. Besorgt fragte mich Timo anschließend, alles in Ordnung bei dir?, und ich wurde abwechselnd rot und weiß vor Verlegenheit, und in diese Markise verliebte sich Timo sofort. Wer hätte gedacht, daß ich später einmal an ebendieser Universität arbeiten und mit Timo ein glückliches Paar bilden würde und doch im selben Hörsaal meine Zeit damit zubrächte, den Hinterkopf eines anderen anzuhimmeln, eines verheirateten, neuen Kollegen? Vielleicht hat der Raum mit den Jahren ein Eigenleben entwickelt und bewirkte mit unsichtbaren Strahlen, daß gewisse Personen, die sich allzuoft in ihm herumtreiben, in ihren Gefühlen und Gedanken immer mal wieder umgepolt werden, wie wenn man einen Kompaß mit Absicht verstellt oder den Tacho bei einem Auto verdreht, ein schlechter Spaß, aber die einzige Möglichkeit, etwas Abwechslung zwischen die Wände zu bekommen.

Ich bin so beschäftigt mit meiner Raumtheorie, daß ich aufschrecke, als plötzlich große Unruhe um mich herum herrscht. Anscheinend ist die Veranstaltung genauso unbemerkt von mir zu Ende gegangen, wie sie angefangen hat. Alle klatschen, und als sei Beifall eine ansteckende Krankheit, klatsche ich mit. Man drängelt hinaus. Es soll noch ein Empfang stattfinden.

Na, Franziska, sagt plötzlich eine Stimme, ich zucke zusammen, aber nein, falsch, hinter mir steht nur der Dozent Hansgeorg Gröscher, der zwei Zimmer neben mir am Institut arbeitet. Er wackelt mit dem Kopf und sagt, ich weiß nicht, wie fandest du das, ich jedenfalls frage mich immer, ob der Begriff der Gerechtigkeit im Diskurs des Dekonstruktivismus überhaupt eine Rolle spielen kann, schließlich ist es ein Diskurs, der jede feststehende Opposition aufzulösen versucht, und er sieht mich gespannt und beglückt über die eigene Fragestellung an. Na ja, sage ich, na ja, das alte, grundsätzliche Argument, warum hörst du dir das alles überhaupt an, wenn du eh nicht folgen willst? Am liebsten würde ich ihm mitteilen, wie ungerecht ich es finde, vom Falschen angesprochen zu werden, wenn der Richtige ebenfalls in Reichweite ist, soviel zum Thema Gerechtigkeit. Aber Hansgeorg Gröscher ist mit dieser Unfreundlichkeit keineswegs abgeschüttelt, sondern fühlt sich zu näheren Erläuterungen angeregt, bei denen ihn auch mein höflich-abwesendes Nicken nicht stört, und leider steht und redet er immer noch, als plötzlich Simon vorbeispaziert. Ich ahne ihn mehr, als daß ich ihn sehen kann, denn er ist von einem Pulk Leute umgeben, darunter die ihn immer bewundernde, fade Ina. Hallo, ich habe dich vorhin schon gesehen, sagt er und reckt seinen Kopf zwischen zwei Kollegen vom Fachbereich vierzehn zu mir, es sieht durchaus so aus, als freue er sich, mich zu sehen, hallo Simon, echoe ich, meine Stimme klingt etwas schwach. Wir stehen da drüben, sagt er und deutet ins Nirgendwo des Raums. Er ist so höflich, mein Gespräch mit Gröscher nicht stören zu wollen, und setzt sich wieder in Bewegung. Die kleine Schar, die ihn umringt, geht mit.

Sie stehen da drüben, denke ich begeistert, und um Gröscher nun möglichst schnell loszuwerden, sage ich gar nichts mehr, sondern nicke nur noch. Als er bemerkt, daß ich gähne, wechselt er auf Privatunterhaltung, ich sehe, sagt er anzüglich, du bist spät ins Bett gekommen, und daraufhin scheue ich mich nicht, ihn augenblicklich mit der Wahrheit zu langweilen, hab ferngesehen, teile ich mit.

Was? will er wissen. Ich sage, ach ich hab so gezappt.

Das ist eine glatte Lüge, es war vielmehr so, daß ich am Vorabend lange überlegt hatte, ob ich herkommen sollte oder nicht, und egal, ob ich mich gerade dafür oder dagegen entschieden hatte, ich konnte nicht einschlafen. Daher machte ich irgendwann den Fernseher an – um mich wenigstens für ein paar Minuten abzulenken oder müde zu werden. Doch dann lief auf Kabel 1 ausgerechnet *Krieg und Frieden*, und ich sah, wie Audrey Hepburn, ich meine: Natascha, gerade dabei war, den Fehler ihres Lebens zu machen, sie war dem eigentlich bereits verheirateten Lüstling Anatol verfallen und plante, nachts, in ihrem schönen schwarzen Cape, mit ihm zu fliehen. Aber ihre Verwandten hatten Wind von der Sache bekommen und sie in ihr Zimmer eingesperrt, wo sie von innen an die Tür trommelte, laßt mich raus, bitte, raus, sie produzierte einen Heidenlärm, obwohl sie doch so zart war, daß man sich wunderte, wie sie überhaupt Knochen haben konnte in den Fingern. Zum Glück blieb ihre Sippe hart, denn alle wußten natürlich, daß sie sich dem edlen Fürsten Andrej versprochen hatte, der nur eben mal ein paar Monate verreist war, sie aber dann heiraten würde. Wie festgetackert blieb ich jedenfalls die nächsten Stunden vor dem Apparat sitzen, nur um mir noch mal anzusehn, wie Anatol wieder abziehen mußte, ohne Natascha. Ihre Ehre war gerettet, zumindest einigermaßen, die Reue setzte ein. Und ich dachte mir fünf Zentimeter und sieben Kilo an meinem braunen und viel zu gesund aussehenden Körper weg und versuchte, mich mit der Film-Natascha zu identifizieren, was emotional nicht so schwierig war wie physisch. Timo war mein edler Andrej, Timo war der Mann, mit dem ich in wenigen Monaten zusammenziehen würde und mit dem ich dann durch gut und böse ginge, und Simon war der böse Anatol, der diesen Plan zumindest auf meiner Seite ins Wanken gebracht hatte, und der, das nur nebenbei, auch noch die Frechheit besaß, mich gar nicht anständig zu verführen oder irgendwohin mitnehmen zu wollen, nicht einmal über das Wochenende, sondern mit unseren sporadischen, teilweise zufälligen oder von mir zufällig herbeigeführten Treffen vollauf zufrieden war.

Vom Bett aus schaute ich vorbei an der leeren Chipstüte und der bereits seit einer Woche dastehenden, halbvollen Weinflasche, der Anblick war mir schon so vertraut, daß ich sie gar nicht mehr als unordentlichen Fremdkörper empfand, sondern als liebes Dekorationsstück. Ich sah hin zu meiner Wohnungstür, die sehr leicht zu öffnen war, warum sperrte mich eigentlich keiner ein, warum schützte mich keiner vor mir selbst? Ich schneuzte mich in mein Taschentuch, der edle Timo liebte mich doch so sehr, woher kam nur das beschämende Verlangen, am nächsten Tag zu diesem Vortrag zu gehen, einfach aus dem Grund, weil ich dort Simon treffen würde, und dann würden wir wieder schnurstracks miteinander ins Bett gehen, und ich müßte mich tagelang schlecht fühlen, weil ich erstens eine Verräterin war und früher oder später Timo sagen müßte, daß ich meine Leidenschaft von ihm abgezogen hatte, ganz ohne Aufhebens, etwa so, wie man alte Bettwäsche abzieht.

Ich besinne mich wieder auf Gröscher und lächle ihn abwesend an. Mein Gewissen ist merkwürdig taub, als wäre mein langjähriger Freund nicht eine so geliebte und geschätzte Einrichtung in meinem Leben wie ein Arm oder Bein von mir, sondern nur irgendein Name. Vermutlich hat mein Gefühlshaushalt, um nicht durch Entropie zusammenzustürzen, im Moment nicht benötigte Gefühle wie Fairneß oder schlechtes Gewissen einfach abgeschaltet, jedenfalls erinnere ich mich nicht, in den vergangenen Wochen etwas in der Art gespürt zu haben, so beschäftigt war ich damit, mir zu überlegen, welche Katastrophe Simon wohl abgehalten haben konnte, mich anzurufen, oder welches unglaublich wichtige Projekt, eines, dessen Dimensionen kaum zu ermessen waren. Und dann sage ich zu Gröscher, ich gehe was zu trinken holen, wieso soll ich eigentlich nicht, neben Fairneß und schlechtem Gewissen, zugleich auch noch die Höflichkeit abschalten, wenn ich schon mal dabei bin.

Im Vorzimmer, beim Buffet, ist es voller. Ich drängle mich vorbei an Blusen und Hosenröcken, weichen Sakkos, Parfumschwaden, geöffneten Mündern, verschmiertem Lippenstift, Hochsteckfrisuren, Tweedröcken, und am Getränkestand bitte ich eines der Mädchen vom Catering, die aussehen wie überforderte Schönheitsköniginnen, um eine Cola. Damit es nicht so wirkt, als liefe ich Simon hinterher, stelle ich mich an das vollkommen andere Ende des Raums. Fast falle ich aus dem Fenster, so weit weg stehe ich, und weil ich schon einmal da bin, schaue ich ein bißchen ins Freie. Ich studiere ausführlich die graue Mauer des Hinterhauses, suche nach Zeichen, einem Graffito, irgend etwas, das mir den Ausgang des Abends prophezeit, nichts ist vor meiner Interpretation sicher, doch ich werde nicht fündig. Ich halte mein Glas so fest in der Hand, daß es fast zerspringt, nur ab und zu schiele ich zu Simon, mir ist zumute, als müsse unsere geheime Verbindung eine große rote Feuerlinie durch das Empfangspublikum ziehen, einen extravaganten Raumteiler mit dem Nachteil, daß er an einer Seite jemanden verbrennt, nämlich an meiner.

Hinten im Raum sehe ich jetzt meinen Professor, verlegen grüße ich in seine Richtung, zupfe unwillkürlich an meinen Haaren herum, und mir fällt auf, daß meine Frisur komplizierter ist als jeder Gedankengang, der mich in den letzten Wochen beschäftigt hat, was deshalb schlecht ist, weil ich meinem Professor versprochen habe, einen Aufsatz bis Ende nächster Woche abzuliefern, und es wäre durchaus ehrenvoll, in seiner neuen Publikation vertreten zu sein. Er hatte mir sehr freundlich und ein wenig herablassend mitgeteilt, er wolle auch meinen gemäßigten feministischen Ansatz berücksichtigen. Wenn er jetzt wüßte, was ich tue, denke ich, die gemäßigte Feministin steht, kaum ist die Promotion angemeldet, das Stipendiengeld kassiert, auf Empfängen herum und stellt Mitgliedern des Lehrkörpers nach. Doch diese triste Erkenntnis verstimmt mich nicht lange, denn da registriere ich, daß sich am anderen Ende der Feuerlinie etwas verändert hat; er winkt. Mein Herz macht einen komischen Hopser, als wolle es schon mal vorgehen zu ihm, ich beeile mich, bewege mich direkt in das Winken hinein, und dann stehe ich vor ihm.

Ich dachte schon, der läßt dich gar nicht mehr weg, sagt er, das klingt ein wenig muffelig, gerade so, als habe er mich vermißt, und ich strahle und haue Gröscher in die Pfanne, ja, sage ich, er ist eine ziemliche Nervensäge.

Wir bewegen uns zwei Schritte zu seiner Gruppe zurück, da ist Ina, die schon vorhin neben ihm gestanden hat, vielleicht trainiert sie, um als zweites Standbein auf eine Karriere als Leibwächterin zurückgreifen zu können, falls das mit der Universität nicht klappt, ich begrüße sie noch mal, und ich gebe auch Professor Schröder die Hand, der sich dabei nach vorne beugt, daß sein abgetragenes Sakko nur so flattert. Neben Gröscher ist er die zweite Riesenpleite des Instituts, aber im Gegensatz zu ihm macht er mich jedesmal, wenn ich ihn sehe, ein bißchen traurig. Er gehört zu jenen emeritierten Hausgeistern, die nach der Karriere feststellen, daß es zu Hause leer ist, also kehren sie ständig zurück zu ihrem Arbeitsplatz. Sie sind die lebendigen Beweise dafür, daß es im Leben nicht immer etwas bringt, eine bestimmte Sache zu wollen und alles dafür zu tun. Schröder hat ein Glas in der Hand und hält es so schief, daß man annehmen muß, es ist nicht sein erstes, wie macht er das nur immer in so kurzer Zeit. Aber immerhin verbindet er dadurch Simon und mich, denn wir lächeln uns versteckt zu.

Du trinkst ja Cola, stellt Simon fest und taxiert den schwappenden Rest in meinem Glas, darüber habe ich neulich etwas gelesen. Er macht eine kunstvolle Pause, nur damit Ina hysterisch fragen kann, was denn?, und Simon erklärt, na ja, es gibt Cola ja auf der ganzen Welt, und ich nicke, davon habe ich schon gehört.

Also, fährt er fort und sieht mich dabei an, also auch in China. Nur leider heißt Coca-Cola im Chinesischen ausgesprochen Kou-ka-kou-la, was bedeutet, ein weibliches Pferd, mit Kerzenwachs gefüllt. Es mußte also für die chinesischen Verbraucher umbenannt werden. Und nun haben sie es zu Ke-kou-ke-le gemacht, das bedeutet übersetzt ungefähr, schmackhaft und glücklich. Professor Schröder nickt gedankenverloren und schenkt dann seinem Weinglas einen warmen Blick, er ist trotz allem froh, daß sich darin ein guter Tropfen aus hiesigen Anbaugebieten befindet.

Ja, fährt Simon einen letzten Trumpf auf, in seinem Gesicht wächst der Ausdruck spöttischer Selbstzufriedenheit, und das hat dazu geführt, daß kein Chinese in New York ganz normal einfach eine Cola bestellen kann, weil er wie gewohnt eine Cecu-Cele bestellt, und keiner versteht ihn. Jetzt lachen alle. Ich nippe verlegen an dem mit Kerzenwachs gefüllten weiblichen Pferd. Wie schön, daß Simon zu meinem Getränk so viel einfällt, ein wenig komme ich mir nun vor wie eine interessante Textstelle.

Simon liest meine beeindruckte Schweigsamkeit als Widerspruch und sagt sachlich, als gehe er auf ein wichtiges Gegenargument ein, nein, das stimmt. Er stellt sich einen Schritt dichter neben mich, so daß er mit dem Ellenbogen meinen Arm berührt. Ich wachse auf der Stelle in dieser Position fest, in meinem Kopf beginnt Kino ab achtzehn. Was stehen wir eigentlich noch hier herum, denke ich, jetzt mußte ich sofort die Wahrheit wissen, kommt er heute mit oder nicht, selbst wenn es ein Nein ist und das letzte Mal wirklich das letzte Mal war, dann weiß ich wenigstens Bescheid, dann kann ich aufhören zu warten und anfangen zu trauern, und er kann in meinem Gedächtnis immer schöner werden, wie sonst nur ein verlorenes Schmuckstück immer schöner wird in der Erinnerung.

Ich gehe jetzt, ihr bleibt sicher noch, sage ich. Es soll beiläufig klingen. In die peinliche Stille hinein antwortet Simon vergnügt, nein, ich gehe auch, und ich sehe, wie Ina die Lippen zu einem sichelförmigen Lächeln biegt, so kühl wie der Mond, und ihre kleinen weißen Hände wichtigtuerisch in die Seite ihres faden Hemdes stemmt. Nur Professor Schröder merkt nichts, er späht ins Nirgendwo, wie jemand, der längst bei sehr anderen Gedanken angekommen ist, die weder mit Gerechtigkeit noch mit China oder dem ganzen Abend hier etwas zu tun haben.

Ich hole meine Sachen, sagt Simon. Als ich neben ihm zum Ausgang gehe, fühle ich mich wie eine große Sportlerin, die sehr viel trainiert und allergrößte Anstrengung auf sich genommen hat, um Gold zu bekommen, und in gewisser Weise stimmt das ja auch, er ist meine Siegertrophäe, wie er so neben mir herspaziert, und mein Training war die Geduld, schließlich habe ich lange auf diesen Termin gewartet, immer unsicher, ob er zu dem Vortrag wirklich hingehen würde, denn vielleicht gab es für ihn eine andere Verpflichtung, irgendeine unbekannte Koordinate seines Lebens hätte ihn schließlich davon abhalten können, was weiß ich schon von den Eckdaten seines Lebens.

Draußen schlägt uns ein kühler Luftzug entgegen, der auf penetrante, lügnerische Art einen Neuanfang kennzeichnen will, der nicht existiert, schließlich weiß ich, daß Simon mich schon zu oft zu mir begleitet hat, ohne daß es etwas anderes bedeutete, als daß er eben nichts Besseres vorhatte an diesem Abend, warum habe ich eigentlich ein Gedächtnis, ein so gründliches noch dazu, eines, das mir nun wieder meldet, daß ich keine Ahnung habe, was er die letzten Tage, nein sogar Wochen, gemacht hat.

Was hast du eigentlich gemacht in den letzten Tagen, ich meine Wochen, frage ich, bevor er wieder mit Getränkeanekdoten anfangen kann, schließlich will ich nun doch wissen, was es da so Wichtiges gab, das ihn davon abgehalten hat, mich anzurufen. Aber er sagt nur, ach, ich habe gar

nichts Besonderes gemacht, das heißt, das letzte Wochenende war ich in Prag, das war schön.

Prag, sage ich aufgeregt, hattest du dort zu tun?

Eine Tagung, das wäre doch immerhin ein Anlaß, auf
eine Tagung muß man sich ja auch vorbereiten. Doch diese
Hoffnung raubt er mir sofort, indem er antwortet, nein, es
war eher privat.

Hast du dort Freunde?, forsche ich nach, und vor meinem inneren Auge stolziert eine Parade osteuropäischer
Fotomodelle vorbei, aber auch hier hält er sich bedeckt, indem er sagt, ja, Freunde im weitesten Sinne.

Ich lausche aufmerksam, aber das war es anscheinend
schon, mehr will er nicht sagen, und ich ärgere mich, daß
ich gefragt habe, was geht es mich auch an, nichts. Trotzdem, so deutlich hätte er mir das nicht zeigen müssen.
Nun habe ich außer einem Städtenamen, der mich zu weiteren wilden Phantasien anregt, nichts herausbekommen,
und als ob das nicht genug wäre, kommt jetzt noch die
Gegenfrage, damit hätte ich natürlich rechnen müssen.
Tja, was habe ich gemacht, auf Prag könnte ich nun natürlich mit Florenz oder Wien oder Timbuktu kontern, aber
was bringt das, es ist ihm sowieso egal.

Ach, nichts Besonderes, sage ich traurig, ich benutze
seine Worte wie einen ausgeliehenen Füllfederhalter, der
bei mir aber nicht so gut schreibt und daher kein so schönes Schriftbild, keinen so guten Eindruck hinterläßt, zumindest würde jeder Graphologe Verstellung und Unsicher-

heit konstatieren und mit Grausen wird mir bewußt, er hätte recht. Ich müßte mich schämen angesichts der Tage, die ich nur mit Warten vergeudet habe, als ob mein Leben nichts wert sei, es kommt mir wie eine Sünde vor, und ein Schub schlechtes Gewissen weht mich mit einem kühlen Hauch an, als sei meine Vergangenheit ein Kühlschrank, in den ich gerade hereingeschaut hätte.

Aber war es überhaupt Nichtstun gewesen? Eigentlich hatte ich alle Hände voll zu tun gehabt. Weil Simon mich nämlich, als er in der Gegend war, zweimal überraschend besucht hat innerhalb kurzer Zeit, einmal vormittags, einmal am frühen Abend, und wir tranken einen Kaffee respektive ein Bier miteinander, hatte ich angefangen, praktisch immer mit einem Überraschungsbesuch zu rechnen, was bedeutete, daß ich nicht nur die Wohnung stets tipptopp in Schuß hatte, sondern auch an kleine Extras dachte. Ich kaufte Blätterteiggebäck und verschiedene Snacks, die man, wie ich fand, sehr gut sowohl nachmittags als auch abends, spätabends oder nachts reichen konnte, ich plünderte Feinkostabteilungen für weißen, gelben und grüngesprenkelten Käse, Weintrauben, winzige Sesambrötchen, schweren, nach Vanille riechenden Wein, ich buk Kapuzinergebäck, das ich dann in Blechdosen legte, damit es frisch blieb. Ich machte aus meiner Wohnung einen Bunker voller Dinge, mit denen man sich zu zweit über Wochen problemlos einschließen könnte, ohne daß es an etwas mangelte. Und das alles für jemanden, der immer mal eineinhalb Stunden lang vorbeischaute. Genaugenommen benahm ich mich wie eine traurige Priesterin in einer schlecht besuchten Kirche; immerzu schmückte ich alles und hoffte, eine höhere Instanz würde mein Tun gutheißen und mich dafür belohnen, und angesichts dieser Überlegungen beschloß ich dann, daß mein Nichtstun kein Nichtstun war, daß dies alles das Gegenteil von Sünde darstellte, es war vielmehr ein Gottesdienst.

Doch leider waren die neuen Überraschungsbesuche nur insofern überraschend, als daß sie ausblieben, die Blumen begannen schlaff zu werden, ohne daß er vorbeikam oder auch nur anrief, ich sah ihnen beim Welken zu, während ich die Reste Whiskey allein trank. Beim Zubettgehen sagte ich mir, daß ich jetzt aufgeben würde, aber am nächsten Morgen lief ich wieder zum Laden und holte neue Getränke und Kekse, und ich muß wohl, bis ich die Einladung zu diesem Vortrag bekam, insgesamt so viele Blumen gekauft haben, daß es für die Beerdigung einer staatstragenden Person gereicht hätte.

Was nickst du so gedankenverloren vor dich hin? fragt Simon belustigt, und ich antworte beunruhigt, weil mir keine schnelle Ausrede einfällt, ach, nur so. Er biegt an der Kreuzung Diesterwegplatz richtig ein, ganz so, als kenne er den Weg, als wären wir ihn schon tausendmal miteinander gegangen, ein Paar, das gleich noch gemeinsam die Spätnachrichten sieht, dann den nächsten Tag bespricht und friedlich einschläft. Fröhlich hopse ich über einen auf dem Gehsteig liegenden Kieselstein, alle Hindernisse und alle Umstände dieser Erde, was sind sie schon mehr als so ein Steinchen. Was ist denn? fragt Simon, als er mich kindisch herumspringen sieht, und er schaut mich befremdet an, als hätte ich einen Walkman aufgezogen und würde ganz allein zu einer Musik tanzen, die außer mir niemand hört. Rasch beruhige ich ihn, indem ich mit ernster Miene sage, aber nein, ich dachte nur gerade an Cecu-Cele. Das ist ein bißchen billig, ihm jetzt zu schmeicheln, aber etwas anderes fällt mir nicht ein, und billig ist in Ordnung, wenn man es billigt, war ich nicht immer schon dieser Ansicht, ganz bestimmt.

An meiner Haustür öffne ich, und er drängelt sich hinein, als sei er eine Hausfrau beim Winterschlußverkauf. Setz dich, sage ich, gib mir deinen Mantel, und er gehorcht. Wie gut er hierherpaßt, wie ausgezeichnet seine hellen Haare mit dem Beige des Türrahmens harmonieren. Willst du einen Whiskey? frage ich, und er erwidert, ja, gerne, wenn du einen dahast. Zu den Blumen sagt er nichts, aber ich bin glücklich, als ob sich für diesen einen Satz mit dem Whiskey nun alles gelohnt hätte. So leicht bin ich zufriedenzustellen inzwischen, auch wenn dieses Glück bloß ein dünnes Blatt ist, das einen schwarzen Abgrund bedeckt. Mein Wollen und die Realität haben sich längst so sehr voneinander wegbewegt, daß ich beides nicht mehr zusammenrücken würde können, nie mehr, wie bei zwei Kontinenten in der Eiszeit ist diese Verschiebung nicht mehr rückgängig zu machen.

Möchtest du etwas essen? frage ich. Eine Suppe? Ein Schinkenbrot? Er sieht mich nur an und sagt belustigt, nein, danke, ich bin nicht zum Essen hergekommen, und er zögert eindrucksvoll, das soll offenbar eine Anspielung sein, ein Wink mit dem Zaunpfahl, aber ich fühle mich eher, als habe mich soeben ein Zaun getroffen. Natürlich, zum Essen ist er nicht hergekommen und zum Unterhalten wohl auch nicht, denn er steht abrupt auf, um zu meinem Stuhl zu kommen, und er geht tatsächlich in die Knie vor mir, legt seinen Kopf in meinen Schoß, und dann macht er wieder eine dieser kleinen Bemerkungen, die meine Hoffnung anstacheln, er sagt, ich habe dich vermißt.

Wirklich? frage ich glücklich, aber mehr ist ihm nicht zu entlocken, denn jetzt setzt er die Hände an, um unter meinen Pullover zu kommen, und ich denke, immerhin begehrt er mich, man kann ja nicht sagen, das bedeute nichts, so ein toller Mann wie Simon kann doch jede haben, ja, das kann er, aber er will mich. Daß er mich anziehend findet, ist offensichtlich, und die Liebe könnte immer noch darauf folgen, ihn überrumpeln, überfallartig treffen. Möglicherweise keimt sie auch schon die ganze Zeit, er hat es nur noch nicht gemerkt. Er würde dann verwundert dreinschauen und sagen, weißt du, Franziska, ich glaube, ich habe mich in dich verliebt. Es sind schließlich im Leben schon so viele Dinge passiert, von denen man total überrascht wurde, man denke nur an die Einführung von Voodoo als offizieller Religion auf Haiti, an den Fall der Mauer oder die Erfindung der Mikropille ohne Östrogen.

Im Schlafzimmer beginnt er sofort, sein Hemd aufzuknöpfen. Ich nehme mir für meine Bluse sehr viel Zeit, öffne sie zwar, lasse sie aber lose über dem BH hängen und spaziere sinnlos das Zimmer auf und ab. Es ist, als würde ich nun gleich einen wunderbaren, einmaligen Apfel verspeisen, einen, von dem ich leider schon vor dem ersten Bissen weiß, daß er mich nicht sättigen wird, und das, obwohl er mit Marzipan gefüllt ist. Unterdessen pfeffert Simon seine Unterhose zu den anderen Sachen auf den Boden. Das geht mir jetzt alles ein bißchen schnell, und ich beeile mich, noch rechtzeitig letzte Vorbereitungen zu treffen. Ich drehe die Lampe in der Zimmerecke ein wenig, damit es nicht blendet, für einen kurzen Moment schlüpfe ich in die Rolle der Beleuchterin in einem Softporno, obwohl ich Mitspielerin bin. Auch wenn ich nur für meine Erinnerung einen heimlichen Mitschnitt mache, so will ich trotzdem alles optimal gestaltet wissen. Ich gehe sogar in Slip und Büstenhalter noch einmal in die Küche, obwohl ich seinen verwunderten Blick in meinem Rücken spüre und ihn in amüsiertem Tonfall rufen höre, also ich bin hier, falls du mit mir schlafen möchtest.

Ich muß nur noch mal, rufe ich zurück, aber in Wirklichkeit bin ich bloß nervös geworden, ich muß schnell und heimlich einen großen Schluck Whiskey trinken, denn das Trinken habe ich vor lauter Simonbewunderung vorhin vergessen. Ich hoffe auch, der Alkohol würde mich wärmen, denn ich habe Angst, es könne mir bei dem, was mich jetzt erwartet, ziemlich kalt werden, in einem zweiten Schritt zumindest, schließlich ist es schön und kalt wie ein Winterspaziergang, Sex zu haben bei einseitiger Liebe, man fühlt sich erfrischt und doch ist einem anschließend alle Kraft entzogen.

Als ich zurückkomme, sitzt er nackt auf dem Bett, mit gekreuzten Beinen, wie ein Indianer, und nur sein Gesichtsausdruck, siegreich und stolz, verhindert, daß er tatsächlich nackt aussieht, an diesem Eindruck stört nicht einmal sein Glied, das sich mir entgegenreckt. Andere Männer wirken in diesem Zustand tendenziell lächerlich, er selbstverständlich nicht. Dagegen komme ich mir, obwohl noch halb angezogen, den ganzen Abend schon nackt vor, so daß es jetzt auch keinen Unterschied mehr macht, wenn ich mich komplett entkleide.

An der Bettkante sitzend, küssen wir uns, wir lassen uns nach hinten fallen, dann liegt er schon über mir, mit einem vollkommen veränderten Gesicht, weich und voller Zuneigung. Wer hat schon das Glück, ein so vollkommenes Gesicht zu sehen, selbst wenn ich weiß, daß mit der Erregung auch diese liebevolle Unschuld in seinen Zügen wieder abklingen wird, für diesen Augenblick lohnt sich alles. Sein hartes Glied drückt gegen meinen linken

Schenkel, und dann klatscht es ein-, zweimal dagegen. Er stützt sich auf die Handflächen und hebt den Oberkörper ab, jetzt baumelt sein Schwanz herum wie ein Pendel, das die Fruchtbarkeit der Erde kontrollieren will, und schließlich, ich seufze, findet er seinen Platz. Ein Gefühl der Macht durchströmt mich, während ich die Beine und dann die Arme um ihn schlinge wie eine große, glückliche Spinne.

Er bewegt sich in einem merkwürdig komplizierten Rhythmus, und das Gefühl der Ohnmacht, das ich nun auf einmal verspüre, ist genauso angenehm wie das Gefühl der Macht ein paar Sekunden zuvor, vermutlich sind Macht und Ohnmacht sowieso dasselbe, wir schlingen uns ineinander, jetzt gibt es mit einer verrückten Ausschließlichkeit nur noch uns beide auf der Welt, nur diese Gegenwart, die sich in einem vollkommenen Kreis um uns schließt, eine schützende Kugel, die für Sekunden schweben kann wie eine Seifenblase, Sekunden, die mir lange vorkommen, aber nur, bis sie vorbei sind. Viel zu schnell liegen wir wieder getrennt voneinander auf dem Bett. Ich sehe hinüber, auf seine geschlossenen Augen, seine Lider sind immer ein wenig dick, als seien sie draufgeklebt, und er blinzelt oft, gerade so, als sehe er immerzu Erstaunliches. Er sagt, dein Puls geht schnell, dabei klingt er zufrieden wie ein Arzt, dem eine komplizierte Operation gelungen ist, und dann läßt er mein Handgelenk los, um mir über die Wange zu streicheln, ein Streicheln wie für ein Kind, das sich im

Dunkeln fürchtet. Ein Kribbeln wandert über meinen Rücken, warum macht er das, das sieht alles der Liebe so täuschend ähnlich.

Doch ich darf daran nicht denken, ich habe die Treffen zwischen uns tausendmal auf eine Entwicklung hin abgeklopft, auf eine Geschichte, aber es gibt keine, ergeben hat sich nur die Aneinanderreihung meiner Demütigungen, die sich inzwischen zu einer Kette addiert, falsche schwarze Perlen, die ich unsichtbar um den Hals trage.

Ich schaffe es auch gar nicht, mir vorzustellen, wir könnten so nebeneinander einschlafen, denn er muß natürlich zurück zu seiner Frau.

Aber da, jetzt bewegt er sich, er küßt mich auf den Hals und die Nase, zärtlich, asexuell, und obwohl an dieser Umarmung, an den Küssen nichts auszusetzen ist, kommen mir diese Berührungen vor wie etwas Gestohlenes, und einmal gedacht, sitzt dieser Gedanke in mir fest, klettenartig, körperlich, als trüge ich ein Sträflingshemd, das die Diebin kennzeichnet, und dahinter verbirgt sich ein schlechtes Herz, eines, das alles, was es von demjenigen, den es liebt, besitzt, immer nur geklaut hat von einer andern, jede Geste. Denn ist es nicht so, daß ich mir sogar schon überlegt habe, ein Kind von ihm zu stehlen? Ich seufze. Was ist? fragt er zärtlich, und ich erwidere rasch, nichts. Denn ich kann ihm ja schlecht erzählen, daß die Bilder, die mir nun wieder durch den Kopf rollen, Bilder aus dem dicken Fotoalbum meiner Zukunft, traurigerweise nie denen der Familien aus der Bausparkassenwerbung ähneln, kein bißchen. Nein, ich kann mir keine Situation denken, in der wir zu zweit vor einem kleinen glatzköpfigen Säugling stehen oder unter Bäumen auf einer rot-blau karierten Decke picknicken, ich sehe immer nur mich allein, mit einem Kinderwagen, einem Kopftuch, im Regen, im Park, und mein Blick ist sehr verloren, wie der eines Flüchtlings. Nein, auch ein Kind würde die Demütigung nicht in einen Sieg verwandeln, nur in Erpressung.

Plötzlich räkelt er sich hoch, streckt die Beine über den Bettrand und tappt hinaus, ich höre ein Klappern und dann ein gezieltes Prasseln, das ist sein Urinstrahl, er läßt beim Pinkeln die Tür immer offen, als wolle er zeigen, daß er keine Geheimnisse hat. Das heißt, ich habe zwei, drei Minuten Zeit für mich, und sofort beginne ich hektisch, an meinen Armen und Beinen zu schnüffeln, um seinen Geruch zu spüren. Er ist ein bißchen scharf und erinnert an Maggi, aber er verfliegt viel schneller als jedes andere mir bekannte Aroma, man spürt ihn nach ein paar Sekunden schon nicht mehr. Genau wie die Augen sich an Dunkelheit gewöhnen, akklimatisiert auch die Nase sich flugs, und deshalb ist es immer besser, sofort nachzuschnüffeln. Bei den letzten Treffen hatte ich bereits feststellen müssen, daß er zu kurz da war, daß sein Geruch nicht für den großen Rest der Nacht reichte. Diesmal ist es sogar noch schlimmer, diesmal rieche ich gar nichts, zumindest nicht auf dem Leintuch, denn er hat fein säuberlich nur in mich hineingespritzt. Sein Geruch ist also ausschließlich in mir drin, überlege ich, und zuerst freut mich das und ich streiche an mir herum, führe meine Hand zwischen die Beine, schnuppere an ihr, aber auch da bin ich mir nicht sicher, weil sich schließlich meine Schärfe und seine vermischen. Da begreife ich, daß es auch hier wie mit allen Dingen ist, die ihn betreffen, sie sind irgendwie in mir drin, außerhalb jedoch nicht existent, und es ist ganz ungewiß, ob ich mich nicht in Wirklichkeit grundsätzlich täusche. Um mich selber zu widerlegen, fange ich an, auf allen vieren auf dem zerwühlten Bett herumzukriechen. Ich drücke mein Gesicht in das Kissen, aber es riecht nach nichts, nicht einmal nach Weichspüler, und dann plötzlich, auf allen vieren und zwischen meinen aufgestützten Armen und Beinen hindurch, sehe ich, wie er im Türrahmen steht und dumm guckt. Machst du Gymnastik? will er wissen, und ich antworte, nein, ich suche meinen Ohrring, vorhin hatte ich ihn noch, ich muß leider lügen, denn ich gehöre im Gegensatz zu ihm durchaus zu den Leuten, die Geheimnisse haben. Doch die Ausrede war nicht geschickt gewählt, denn wie alle Männer liebt auch er es, kleine, praktische Probleme zu lösen. Sofort robbt er auf dem Bauch neben mir herum und fragt undeutlich in die gelupfte Decke hinein, welche Farbe, groß oder klein, zum Stecken oder Hängen? Ich stelle bei dieser Gelegenheit fest, daß er Schmuckspezialist ist, seine Frau muß ebenfalls durchstochene Ohrläppchen haben. Ich sage, ein kleiner Perlenohrring, und betrachte seinen weißen Hintern, der sich mir entgegenreckt. Es ist nicht so wichtig, sage ich, damit wir nicht noch mehr von unserer gemeinsamen Zeit vergeuden, die sowieso schon knapp ist, doch er kriecht gerade unter mein Bett, und es sieht nicht so aus, als wolle er unverrichteter Dinge wieder hochkommen. Mir bleibt nichts anderes übrig, als unbemerkt ein Objekt, auf das die Beschreibung paßt, aus dem Schmuckkästchen aus der Frisierkommode zu nehmen, es hochzuhalten und zu rufen, hab ihn.

Ach, sagt er enttäuscht, weil er den Ohrring lieber selber gefunden hätte, aber immerhin gibt er Ruhe und legt sogar den Kopf auf meinen Bauch. Er fragt, ob er eine Zigarette anzünden kann. Ich nicke, ich rauche eigentlich nicht, aber in diesem Fall nehme ich immer gerne einen Zug, zwischen uns, das ist genauso ein Ritual wie die Tatsache, daß ich ihn jetzt zum Stand der Trennung von seiner Frau befrage.

Diese Trennung ist nun schon ein halbes Jahr her, und es fällt mir nach wie vor schwer, mir darunter etwas vorzustellen, weil sie immer noch zusammenleben und er sich immer beeilt, abends zurückzukommen, um sie nicht weiter zu beleidigen. So, wie er es beschrieben hat, handelt es sich um eine Art innerer, nach außen hin nicht sichtbarer Trennung. Immerhin fällt es ihm inzwischen viel leichter, von ihr zu reden, und er sagt auch, daß es ihm immer besser geht. In absehbarer Zeit wird er wohl gar nicht mehr über sie sprechen wollen, sondern nur noch über mich, das heißt über uns. Umgekehrt habe ich ihn informiert, daß es einen Timo in meinem Leben gebe, der aber quasi nur darauf warte, daß wir uns endgültig voneinander verabschiedeten, da es mit uns ohnedies nicht mehr funktioniert, aber es hat Simon nicht sonderlich interessiert.

Wie läuft es denn mit deiner Frau? frage ich, denn ihr Name, Gisela, ist nie offiziell zwischen uns gefallen, ich habe ihn aus dem Telefonbuch.

Ach, seufzt er, und ich spanne jeden Muskel an vor lauter Hoffnung, diesmal könnte es soweit sein.

Ich kann mir ein Leben ohne sie nicht vorstellen, sagt er.

Das ist leider nicht anders denn als Rückschlag zu verbuchen. Schließlich berichtete er vor drei Wochen, die Trennung mache Fortschritte, er suche eine Wohnung, was wohl das Vernünftigste sei, auch wenn sie eben noch sehr an ihm hänge, und auch wenn das für ihn keine Motivation darzustellen schien, sich öfter bei mir zu melden, es hörte sich doch gut an für mich. Und nun also das. Ich kann mir ein Leben ohne sie nicht vorstellen. Was für ein Satz. Ich fühle mich, als sei ich gerade mit einem Schwall eiskaltem Wasser übergossen worden. Aber dann sehe ich, wie unglücklich er an die Wand schaut, und meine Leidenschaft verwandelt sich blitzschnell in Agape. Das wird schon, sage ich tröstend. Nein, antwortet er bekümmert, das wird nicht mehr, und ich denke, na hoffentlich. Was ich sage, klingt anders, dann wirst du irgendwann herausfinden, daß es gut so war, daß es auch andere Frauen gibt. Im Liegen strecke ich meinen Arm nach oben, eine sinnlose Geste, aber so kann ich meine Hand betrachten wie einen fremden Gegenstand. Nein, natürlich kann ich nicht gleich erwarten, daß er beim Gedanken an eine neue, feste Partnerin gleich auf mich zukommt, nur weil ich immer mal wieder, quasi zufällig, neben oder unter oder auf ihm liege. Ich sehe meine Hand an, sie ist braun und schmal, und ich kann kein Zeichen von Aussatz dran finden, nichts, das mir erklärte, weshalb er mich gar nicht erst in Betracht zieht, dennoch fühle ich mich diskriminiert, als ob ich einer seltenen Rasse angehören würde.

Vielleicht findet ihr eine andere Ebene eurer Beziehung, ergänze ich weise, das hält dann manchmal länger als jede andere sogenannte Liebe, aber er schüttelt wieder den Kopf und offenbart mir so kläglich wie ein Fünftkläßler, der gerade einen Verweis bekommen hat, nein, sie mag mich nicht mehr besonders, und ich denke, daß unser Gespräch, oder besser gesagt, meine Beratung, einen absoluten Tiefpunkt erreicht hat, und wie um ihn noch zu unterbieten, möchte ich nun sagen, aber ich mag dich, ich mag dich sogar sehr, ich möchte helfen. Der Satz ist schon gedacht, doch da beiße ich mir, eben noch rechtzeitig, auf die Zunge. Das ist ja, als wolle ich absichtlich die weggenommene Liebe zu seiner Freundin noch wertvoller machen und gleichzeitig mich zu einem Sonderangebot, etwas, das man zwar nicht unbedingt brauchen kann, aber es schadet auch nicht, wenn man es sich zulegt.

Nein, sagt er, ich habe mich nämlich in eine andere verliebt.

Als ich das höre, setzt mein Herz einen Schlag aus, vielleicht auch mehr, keine Ahnung. Gleichzeitig rattert es in meinem Kopf, das ist unglaublich, ich möchte mich an ihn klammern, ihn küssen, noch mal mit ihm schlafen, diese Nacht wird er hierbleiben. Ich mich auch, sage ich mit rauher Stimme, und da sieht er mich seltsam an und sagt, ach ja, und wie abwesend meint er, aber ob es mit Angelika klappt, steht auch in den Sternen.

Angelika? frage ich entgeistert, das kann nicht sein, das ist einfach nicht möglich.

Ja, seufzt er, wir kennen uns erst seit zwei Wochen.

Nun, sage ich und stehe auf, das ist nicht lange. Jetzt kann ich nicht mehr, jetzt mag ich nicht mehr, jetzt will ich nur noch einigermaßen die Fasson bewahren und vor allem, daß er geht, und als habe er meine Gedanken gelesen, sagt er seufzend, ich muß langsam los.

Ich will nicht sehen, wie er sich anzieht, daher laufe ich ins Badezimmer, wo ich mich im Spiegel anschaue, mir in die gläsernen Augen starre und denke, in Ordnung, das war es also. Ende. Aus. Schluß. Er knüpft gerade seine Schuhe zu, als das Telefon zu läuten beginnt. Telefon, sagt er freundlich, willst du nicht – aber ich höre gar nicht zu, nackt renne ich hin, nehme den Hörer ab und mache derweil eine verscheuchende Bewegung zur Wohnungstür hin. Dann gehe ich mal, sagt er, leicht verunsichert, küßt mich kurz auf den Mund, also mach's gut, und noch bevor ich die Tür hinter ihm zufallen höre, rufe ich in den Hörer hinein, Timo, bist du das, sag, und als daraufhin einen Atemzug lang Schweigen herrscht, bekomme ich Angst, war es nicht so, daß Natascha, die dumme Göre, für ihre Dummheit ohne Gnade bestraft wurde, und daß ausgerechnet den Fürsten Andrej, den ohnedies vom Leben Gezeichneten, diese schwere Kriegsverletzung traf; noch auf dem Krankenbett verzieh er ihr, mit schwacher Stimme, nur um sich dann nie wieder zu erholen, und Natascha weinte und weinte, und mit ahnungsvoller Demut frage ich, Timo, hörst du mich, geht es dir gut, Timo, und dann bin ich erleichtert, als es am anderen Ende der Leitung fröhlich japst und sagt, ja, logisch, wir haben doch gesagt, wir telefonieren noch mal, es ist einer seiner versprochenen und daher auch erfolgten Anrufe, zuverlässig wie die Tagesschau. Ich bin nur in der ersten Sekunde enttäuscht, dann frage ich, kann ich heute abend vorbeikommen, darf ich bei dir übernachten?, und es ist wie Salbe, als seine warme, freundliche Stimme sagt, was hast du denn, ich dachte, du magst ein paar Abende allein sein, aber ja, natürlich kannst du hier schlafen, ich sage doch, es wird einfach Zeit, daß wir zusammenziehen, also schnapp dir eine Taxe und komm.

Lisa und der himmlische Körper

Als ich wieder aus der Buchhandlung hinausgehe, trage ich ausnahmsweise keine Tüte in der Hand, nur diese irre Geschichte im Kopf, die mir Lisa Krauss erzählt hat – zufällig, weil draußen der Reꞡen in großen, traurigen Tropfen fiel –, während sie unentwegt in ihrer Tasse rührte und ein Gesicht zog wie ein Kaninchen, mit dem jemand seltsame Experimente gemacht hat. *Tja,* sagte sie dann, bevor ich das Geschäft verließ, *gut ausgehen kann es halt nicht immer, stimmt doch, oder?* Und ich nickte und wurde den Verdacht nicht los, sie brächte da etwas durcheinander, verwechselte Sex mit Brutalität, Unterordnung mit Liebe und Liebe mit einer Aufgabe, aber gut, man konnte es auch positiv sehen – obwohl sie sich selbst nicht leiden mochte, bot sie sich Frieden an, das war doch was. Also ich muß dann mal los, sagte ich, warf ein langes Abschiedslächeln über unsere kurze Freundschaft und ging zur Tür. Erst jetzt, wenn ich eigentlich nach Hause will, bemerke ich, wie sehr sie mich beeindruckt hat mit ihrer unscheinbaren Art und den spektakulären Erlebnissen und daß ich mich nicht recht von ihr trennen kann in Gedanken, gerade so als hätte ich ihr durch die Löcher ihrer hellblauen

Augen zu tief in die Seele gesehen und dort schauerliche Zustände gefunden, Verhältnisse, die auch mit mir etwas zu tun haben, und ich beschließe, nicht die S-Bahn zu nehmen, sondern nach Hause zu laufen, und zwar den Umweg durch ebenjenes heruntergekommene Viertel, von dem sie berichtete. Hauptwache, Roßmarkt, die obere Kaiserstraße. Ich gehe schnell, als ob ich jemanden suchen oder verfolgen würde, passiere Läden mit Haushaltswaren und erste Bars. Ein paar Kinder spielen in einer Pfütze, und ich finde, es ist hier unerwartet friedlich, so, als könnten die Menschen und die Dinge sehr leicht Freundschaft miteinander schließen. Aber es ist auch erst sieben Uhr abends, noch nicht auf diese spezielle Weise belebt. Der eintönige Mix aus orientalischer Musik und Popsongs wirft seine Fangnetze über meine frühe Müdigkeit, aus den Kebabbuden dringt der scharfe Geruch von gebratenem Fleisch, mischt sich mit dem Gestank von Urin und essigsaurem Putzmittel. Wie muß man sich Lisa vorstellen, als sie hier entlanggelaufen ist vor ein paar Wochen? Ich schließe die Augen, jetzt ist Nacht, und rosa und rote Leuchtreklamen punktieren die Straße. Nach und nach verschwimmen die Umrisse, auf das bunte Muster zeichne ich in Gedanken ein Bild von Lisa, wie sie hier die Straße heruntergeht, es flimmert und flackert und ist schwer schärfer zu stellen, ich habe ihre Stimme im Ohr, piepsig, *sie haben mich alle belästigt, ich meine nur durch Gucken,* tapfere kleine Lisa, wie ein Kind sieht sie die Details riesengroß und furchterregend. Sie ignoriert das Grinsen der Kerle, besonders dreckig feixt ein *schnauzbärtiger Dicker*, der vor dem Eingang einer Bar, unter der *Abbildung einer barbusigen Nixe*, steht, starrt demonstrativ auf die Wohnhäuser dahinter, deren ehemals weißer Verputz, vor allem unten, mit den Jahren schmutzig geworden ist, so daß sie aussehen wie verfaulte Zähne. Puffs, Imbißstuben, Nachtlokale. Ein großer Kombi fährt im Schrittempo neben ihr her. Durch die heruntergekurbelten Seitenfenster strecken zwei Männer mit dunklen Haaren die Köpfe heraus, um sie von oben bis unten zu taxieren. Sie zieht den Saum ihres bauchfreien T-Shirts mit dem Erdbeermuster herunter, *ich hatte etwas viel zu Kurzes, Buntes an, was mit Früchten drauf*, sagte sie, *tja*. Der Regen legte einen Mantel aus Wasser um die kleine Buchhandlung, und Lisa, jetzt wieder in ihrer gewohnten Kluft, lächelt entschuldigend. Im Frankfurter Bahnhofsviertel war sie für einen Moment sogar *dankbar*, dankbar für ihr mausbraunes Haar und die Beine, die wie blasse Mikadostöckchen aus dem Rock schauen, erleichtert, weil die Kerle bald das Interesse verlieren, ihre Blicke von ihr abrutschen wie von einer langweiligen Wand, dann aber schämt sie sich, weil ihr klar wird, daß es um ihre Chancen, sie könnte Sören gefallen, nicht eben gut steht. Der Kombi beschleunigt unsinnigerweise, um dann gleich darauf, an der Kreuzung, wo andere Autos die Straße blockieren, scharf abbremsen zu müssen und in ein enervierend gleichmäßiges Hupen zu verfallen, das Lisa vorkommt wie ein

Warnsignal, extra für sie. Obwohl sie die Gegend aus Fernsehkrimis kennt, solchen, in denen eifrige Kommissare mit ihren attraktiven Assistenten gegen Drogendealer und Zuhälter ermitteln und dabei in rot ausgeleuchteten Clubs Frauen befragen, denen das Make-up vom Gesicht bröckelt und die Brüste aussehen, als wollten sie gleich aus den Büstenhaltern hüpfen und sich schuldig bekennen, hätte sie nicht gedacht, daß es so unangenehm sein würde, hier entlangzugehen. *Tja.* Gut, daß sie zur Beruhigung die kleine Pistole dabeihat, die ihre Mutter ihr gekauft hatte, als sie hörte, Lisa würde zu ihrer ersten Buchhändlertagung ausgerechnet ins gefährliche Polen fahren, allein und mit dem Auto. Lisa ist froh, manchmal in ihre Handtasche zu langen, das kalte Metallding anzufassen und sich zu sagen, *theoretisch kann ich mich immer wehren.*

Als sie sich mit Sören verabredet hat, ist ihr zuerst nicht klargewesen, in welcher Gegend das XXL lag, wo sollen wir hingehen, hatte er gefragt, ins *Café Komma*, aha, das kennst du nicht, das *Lebensfreude Pur*, auch nicht, und Lisa bemerkte, daß er langsam ungeduldig wurde, so daß sie beim Namen XXL einfach ausrief, ja, natürlich, nur um nicht ganz so dumm dazustehen, und erst hinterher fiel ihr ein, daß es sich um diesen Laden im Bahnhofsviertel handeln mußte, der laut Auskunft ihrer Kolleginnen in der Buchhandlung, ziemlich *in* war – wo genau, schlug sie in den Gelben Seiten nach.

Während ich auf einen chinesischen Imbiß zusteuere, geht Lisa in meiner Vorstellung neben mir her, mit gesenktem Blick vorbei an der Gruppe Männer, die mit einem Türsteher verhandeln, sie tragen bunte Hemden, und einer hält eine Bierdose in der Hand. Während ich bei der schlechtgelaunt dreinblickenden Asiatin an der Theke einen Tee bestelle, bleibt Lisa draußen auf der Straße und sieht diese merkwürdige Passantin, von der sie mir mit Abwehr und schlecht verstecktem Entzücken in der Stimme erzählt hat, *stell dir eine Frau vor, die oben und unten von der Farbe Violett eingerahmt ist, weil sie ihre Stöckelschuhe anscheinend passend zu ihrer Haarfarbe gekauft hat, oder vielleicht hat sie auch ihre Haare passend zu ihren Lieblingsschuhen getönt,* Lisa sieht zu, wie die Violette den linken Riemchenschuh mitten in eine zerquetschte Schale rot-gelber Pommes frites setzt, wie die Masse ihr bis in die Ritzen zwischen Fußsohle und Schuhbett quatscht und die Frau es dennoch genausowenig merkt wie die Kuh, auf der sich Fliegen niederlassen. Während ich langsam den ersten, bitteren Schluck Tee nehme, biegt Lisa um die Ecke und prallt fast gegen einen jungen Mann in einer zerrissenen Jeansjacke, der so dünn ist, daß man die Wangenknochen in seinem Gesicht heraustreten sieht. Er hat die Arme durchgestreckt wie ein halb aufgeklappter Regenschirm und die Hände leicht angehoben an beiden Seiten des Körpers, als wolle er abheben. Seine Augen sind aufgerissen und sorgen für den Ausdruck von Glück in seinem Gesicht. Lisa starrt ihn schockiert an, weil er so sehr dem Jesusbild auf einem der Sammelkärtchen ähnelt, die sie als Kind in ihrer Bibel aufbewahrt hatte, um sie bei besonders langweiligen Predigten zu betrachten, und plötzlich meint sie, hier, auf der nächtlichen Straße des Bahnhofsviertels, Weihrauch zu riechen, genau wie damals in der Kirche. Aber der junge Mann, der fast noch ein Kind ist, starrt an ihr vorbei. Er sieht mit offenen Augen in den dunklen Himmel. Sein Blick gleitet die geheimen Wände eines inneren Museums entlang, und Lisa fallen die Deckengemälde der Kirchen ein, vielleicht sieht er so etwas Ähnliches auch hier. Der Gedanke bringt sie in eine so weihevolle und bedeutende Stimmung, daß sie sich gar nicht losreißen kann vom Anblick dieses heimlichen Gebets, sie nimmt es als Zeichen, daß dieser Tag der Begegnung mit dem unbekannten Sören einfach ein besonderer ist. Sie denkt wieder an das kurze Gespräch mit ihm, *wie gut war es doch, habe ich dauernd gedacht, daß ich endlich den Mut gefaßt hatte, die Anzeige im Stadtmagazin drucken zu lassen,* denn schließlich haben ihr seiner und die vielen anderen freundlichen Briefe, die Antworten auf ihr Inserat mit Chiffrenummer, recht gegeben. Dabei war es gar nicht leicht gewesen, das zu formulieren, sie wollte ehrlich klingen, aber auch ein wenig rätselhaft, so daß es einen Spielraum gab. Sie hatte nach langen Überlegungen immer mehr von dem zuerst fast dreißig Zeilen langen Text gestrichen, bis da nur noch stand, *suche Mann für intensive Beziehung,* das war ein bißchen geheimnisvoll und klang *nicht gleich nach Heirat, das wäre ja auch albern, gleich am Anfang an so was zu denken.*

Nur um die unfreundliche Asiatin zu ärgern, bestelle ich noch einen Tee. Sie pustet gegen ihren Pony und liest zuerst ihre Zeitung zu Ende, bevor sie sich bewegt. Ich frage mich, ob darin auch Inserate sind und ob sie deren Geheimsprache besser versteht als Lisa, die einen Code getroffen haben muß, irgendein Signal gab mit ihren Worten. Vielleicht hat sie ja doch geschrieben, sie sei schüchtern, und hat es nur vergessen? Die Kerle, die antworteten, hießen Peter oder Jürgen oder Udo oder Tim, und die Briefe waren *so nett, daß die Entscheidung schwerfiel.* Lisa fand es *toll*, daß es so leicht war, jemanden kennenzulernen. Sie war zufrieden und glücklich, als sie sich an diesem Abend in ihre rot-gelb karierte Wolldecke wickelte und den Fernseher einschaltete, um den Spielfilm um Viertel nach acht Uhr anzusehen. Sie widmete sich ihrem Abendessen, das wie meistens aus einem in zwei Dreiecke geschnittenen Käsetoast bestand, garniert mit einer Tomate, in Scheiben und mit Salz bestreut, dessen kleine Kristalle man funkeln sehen konnte im Licht. Immer schon hatte sie es gerne, die perfekten Schauspielergesichter anzusehen und sich die schönsten Sätze aus Filmen zu merken, zum Beispiel, die Grenzen deiner Welt sind die Grenzen deiner Phantasie, oder, man haßt die Menschen dafür, was man ihnen angetan hat.

Diesmal lief ein Film über eine Arztschwester mit einem Engelsgesicht, die im Krankenhaus auf merkwürdige Morde stieß, und alle Spuren führten zu dem von ihr angehimmelten Arzt. Daß Lisa sich für die Bewerbung des gebürtigen Kielers Sören entschied, lag daran, daß sie später, zufällig, noch in eine fabelhafte Dokumentation über die Ostsee schaltete, *Die ewige Wiederkehr der Gezeiten*, das war ein Wink des Schicksals, der so deutlich daherkam, daß er auf gar keinen Fall übersehen werden durfte.

Mein zweiter Tee ist fertig, das Wasser dampft mich an, ich bedanke mich bei der Asiatin und bewirke ein müdes Lächeln in ihrem abgekämpften Gesicht. Lisa hat die Diskothek erreicht, XXL steht in großer grüngelber Neonschrift über dem Eingang, vor dem ein paar junge Leute warten und so gelangweilt von einem Bein aufs andere treten, daß man glauben kann, sie wünschten sich ein drittes. Lisa vergewissert sich auf ihrer Armbanduhr, daß sie mehr als pünktlich ist. Um zehn vor elf denkt sie zu Hause allmählich ans Zubettgehen, aber heute ist sie kein bißchen schläfrig. Sie betritt die Diskothek hinter einem jungen Mann mit rasiertem Schädel, der in perfekter Eiform glänzt. Ob Sören wohl schon drinnen ist, fragt sie sich, zu dumm, daß sie keinen festen Treffpunkt ausgemacht haben, das kleine Foto wird reichen müssen, und umgekehrt die Tatsache, daß sie ihn hat wissen lassen, sie trage ein T-Shirt mit Erdbeermuster darauf. Wie sie so unschlüssig am Eingang herumsteht, wird sie von dem knochigen Ellenbogen einer jungen Frau mit sehr großen, glänzenden Augen angerempelt, die, anstatt sich zu entschuldigen, Lisa kichernd fragt, willst du auch nicht schlafen heute nacht und mit kühlen, trockenen Fingern nach ihrer Hand greift, um sie zum Eingang zu ziehen. Das ist, als ob sie Lisas Gedanken gelesen hätte und wüßte, daß Lisa gerade nicht allein sein will, sie erinnert sich wieder an den komischen Jesus, während sie auf die enganliegende Hose des Mädchens starrt. Das extravagante Schlangenmuster läßt, findet sie, dünne Beine etwas dicker aussehen. Sie lächelt die Frau an, ihre schöne kleine Nase und die glänzenden rosa Lippen, die blanken, blauen Augen, Porzellanunterteller. Auf einmal hat Lisa Vertrauen in die Zukunft gefaßt, sie weiß jetzt einfach, daß alle Langeweile ein Ende nehmen wird und die nächsten Jahre mit einer Fülle an Möglichkeiten vor ihr liegen. Sie gibt dem Türsteher einen Geldschein, und der drückt ihr und der Schlangenfrau dafür Stempel auf die Handrücken. Noch bevor Lisa sagen kann, daß sie keineswegs vorgehabt hat, für beide zu bezahlen, ist ihre neue Bekannte auch schon weg, Lisa sieht gerade noch, wie der Reptilhintern sich in Richtung einer Metalltür im Flur schlängelt, auf der ein Foto von Lady Di die Damentoilette anzeigt, gleich neben der Tür mit dem Foto von einem Reitlehrer. Lisa unterdrückt den Impuls, ihr zu folgen, Sören wartet vielleicht schon. Sie geht hinein in die Diskothek, die sie *schön* findet, steuert seitlich an der Tanzfläche vorbei, die ein sanftes, orangefarbenes Licht bestrahlt, auf die Bar zu. Dabei schaut sie die wenigen Anwesenden genau an, was gut möglich ist, denn es ist noch ziemlich leer. Sie hatte sich das nicht besonders scharfe Foto genau eingeprägt, aber Sören scheint nicht dabeizusein, und nach kurzem Zögern beschließt sie, nicht wieder hochzugehen zum Eingang, sondern lieber hier Platz zu nehmen.

Sie setzt sich *extra auffällig hin*, zwingt sich, ihren Barhocker nicht allzusehr in die Ecke zu rücken, damit er sie auch sehen kann. Der Glatzkopf, hinter dem sie hereingekommen ist, sitzt schon da, und er fühlt sich sichtlich wohl, denn halb auf seinem Schoß, halb an ihn gelehnt hat er ein Mädchen mit langen roten Haaren, das er mit den Händen um den Bauch knapp unter den Brüsten umklammert, und die beiden aneinandergelehnten Köpfe, der glatte und der haarige, grinsen so breit, daß das Grinsen von einem Gesicht zum anderen führt und die beiden Körper verbindet wie ein Gürtel.

Lisa winkt der üppigen Frau hinter der Bar zu, die schwarz mit Kajal umrandete Augen und ebenfalls schwarze Lippen geschminkt hat, aber die sieht sie anscheinend nicht, obwohl sie direkt in ihre Richtung zu gucken scheint, erst als Lisa ungeschickt ruft, hallo, kann ich etwas bestellen, kommt sie auf sie zu und sagt, natürlich. Sie hat den gesamten linken Oberarm mit einem komplizierten Geflecht aus Symbolen, Buchstaben und Tierfiguren tätowiert, Lisa kann gar nicht aufhören, diese merkwürdige Verzierung anzustarren, bis die Frau genervt mit den Augen rollt und fragt, also was denn nun? Lisa bestellt einen Sekt, der sie noch durstiger macht, sie trinkt und sieht, wie die Bedienung sich wegdreht. Ihr Rücken ist breit wie eine verschlossene Tür.

Langsam wird es voller. Vereinzelt beginnen einige besonders schöne Mädchen zu tanzen, sie sieht flackerndes Licht auf ihren bronzefarbenen Armen und Beinen, unwillkürlich schaut sie an sich herunter und ärgert sich, daß sie nicht daran gedacht hat, ins Solarium zu gehen. Andererseits war Sören aus Norddeutschland vielleicht Frauen mit hellerer Haut gewöhnt – und *Gewöhnung*, das weiß Lisa von sich, *das ist ein starker Magnet*. Das ist ein angenehmer Gedanke, schließlich will sie sich nicht alle Vorfreude verderben, und außerdem hatte es am Telefon, als er diese unmöglich späte Zeit vorschlug, durchaus so geklungen, als wolle er sie recht dringend treffen, und das würde heißen, daß er vielleicht eine Freundin brauchte zur Zeit, das wäre wunderbar, denn sie, ja sie braucht dringend jemanden, mit dem sie abends zusammensein kann, um mit ihm über den Tag zu reden, *und vielleicht werde ich ein paar hübsche Begebenheiten dazuerfinden und daran glauben, daß es passiert sei, nur weil ich es laut gesagt habe.*

Während ihrer Lehrzeit, als sie noch zu Hause wohnte, war sie abends wenigstens nicht so allein gewesen, auch wenn ihre Eltern sie manchmal nervten, aber jetzt, in den sieben Wochen, die sie in ihrer kleinen Wohnung am Adlerflychtplatz lebt, macht ihr das zu schaffen. Sie mußte sich dann immer wieder sagen, daß es zu Hause auch nicht so toll gewesen war. In die Änderungsschneiderei ihrer Mutter kamen häufig die Eltern oder Tanten ihrer alten Klassenkameraden und erzählten von den ehemaligen Mitschülern, die alle aufregende Sachen machten. Der dicke Alexander Becker zum Beispiel war Tauchlehrer in Thailand geworden und paddelte in denselben Gewässern herum, in denen auch die James-Bond-Filme gedreht worden waren, Felicitas Dauth, die mit zwölf schon eine Dauerwelle trug, studierte jetzt Möbeldesign in London, Pit hatte monatelang die Wüste durchwandert und Katharina einen berühmten Genforscher geheiratet. Lisa konnte aus diesen Informationen nur ableiten, daß das Leben offenbar anderswo spielte, und daher war sie beim Umzug guten Mutes gewesen, in der Stadt könne sich etwas ändern. Als sich dann keine Veränderung einstellte, hatte sie die Anzeige aufgegeben. *Das beweist doch Mut, und den Mutigen gehört die Welt.* Erneut späht sie nach Sören, aber niemand sieht dem Foto auch nur entfernt ähnlich; keiner erwidert ihren suchenden Blick.

Ich bezahle meinen Drink. Ich habe zweimal die Bar gewechselt inzwischen und schon die nächste im Visier. In den Straßen ist es voller geworden, und es gefällt mir, mich hier herumzutreiben, genauso wie es mir gefällt, daß ich nicht wie Lisa bin, nicht in Ansätzen. Ich habe gelernt, mich auf eine bestimmte Art zu kleiden, mir eine bestimmte Art von Selbstvertrauen auf den Mund zu malen, rot, orange oder rosa, je nachdem, was gerade in Mode ist, eine bestimmte Art Musik zu hören, auf diese Art Musik zu tanzen, sogar wenn alle hinschauen, sogar wenn die Tanzfläche noch ganz leer ist, ja, manchmal finde ich sogar Spaß daran – dann, wenn es mir gelingt, mich komplett im vorgegebenen Rhythmus aufzulösen. Wenn mein Körper nicht mehr mir gehört, sondern dem Willen irgendeines unbekannten Gottes gehorcht. Ich habe auch schon eine Menge Männer gekannt, und gerade weil ich früher auch einmal so romantisch veranlagt war wie Lisa, hätte ich ihr gewünscht, sie hätte wenigstens ihre Jungfräulichkeit anders verloren, an einem Abend, an dem sie sich hübsch fühlte, in ihrem eigenen Zimmer war, mit jemandem, der sich ihr gegenüber liebevoll und zärtlich verhielt, der nicht bloß bizarre Stellungen kannte, sondern sie streichelte und küßte, vorher und nachher.

Aber Lisa war erst zweimal in ihrem Leben verliebt gewesen, einmal vor, einmal nach dem Schulabschluß, und beide Male, von Anfang bis Ende, unglücklich. Ich habe sie nach ihren Erfahrungen gefragt, und sie erzählte von diesen Geschichten, die doch schon Jahre zurücklagen, so detailliert wie man eine Wunde beschreibt, die einem gerade erst zugefügt wurde. Alles noch ganz frisch. Wegen

Hansi, der eigentlich Hans-Günther hieß, war sie jeden Nachmittag nach der Schule bei den Tennisplätzen des TSV Schwarz-Weiß herumgestrichen, wo er in weißen Shorts und weißen Socken trainierte. Als sie ihm dennoch nicht auffiel, bat sie zu Hause darum, Tennisstunden zu bekommen, aber ihre Mutter nahm nur einen ihrer dünnen Oberarme zwischen die eigenen, rundlichen Finger, drückte fest darauf und fragte freundlich, mit welchen Muskeln willst du denn spielen? Der wahre Grund war natürlich das Geld gewesen. Lisa hatte dann die Idee, so zu tun, als ob sie früher einmal Tennis gespielt hatte und wegen einer interessanten Sportverletzung aufgehört hatte, sie informierte sich über die Regeln und bekannten Spieler, *aber es war alles umsonst,* wie sie sagte, die Geschichte hockte in ihr drin wie ein seltenes Tier, das keiner aus der Höhle locken wollte, sie kam nicht mit Hansi ins Gespräch, nur mit seiner Mutter, die häufig vor einem Glas Weißwein an der Tennisbar anzutreffen war. Wer dann tatsächlich auf sie aufmerksam wurde, war der Kellner der Tennisbar, der an eine Made erinnernde, weiße und dickliche Ralf Buselfink, dessen abstehende Ohren dem Wind groß und glänzend trotzten wie die Blätter eines Gummibaums. Doch dann merkte sie, daß er oft bei den Festen und Turnieren der Mannschaft, in der Hansi spielte, dabei war, so daß, wenn er erzählte, mehr oder weniger häufig der Name Hansi auftauchte, und das war immerhin besser als gar nichts. Als er ihr androhte, sie werde ihm zu langweilig, hatte sie auch

Sex mit ihm, Sex, der sich so gestaltete, daß sie vor ihm kniete und er ihr immer wieder den Schwanz in den Mund stieß, bis Lisa einen Brei im Mund hatte, der durch Ralf Buselfinks konsequente Einnahme von Eiweiß- und Vitaminpräparaten einen Geschmack von Terpentin hatte und sie zwang, sich den Rest des Tages über alle zwei Minuten den Mund auszuspülen. Nachdem Ralf einmal nebenbei erzählt hatte, daß Hansi eine Freundin habe und nach dem Abitur mit ihr in die Stadt ziehen wolle, hörte sie auf, ihn zu treffen und überhaupt zu den Tennisplätzen zu gehen. Sie strich einen Pilgerort von ihrer inneren Landkarte.

Es dauerte Monate, bis sich ihre Welt wieder ein wenig vergrößerte. Bei einer Buchhändlertagung in Polen lernte sie dann Klaus kennen. Ihm öffnete sie, obwohl er verheiratet war, vier Abende in Folge die Tür zu ihrem Hotelzimmer, er zeigte ihr, wie sie ihn mit der Hand am Glied fassen und es *zuerst groß und dann wieder klein* machen konnte, aber geschlafen hatte auch er nicht richtig mit ihr, *vielleicht*, sagte Lisa, *fängt bei ihm da der Ehebruch an*, vielleicht, antwortete ich und, hat er das wirklich so ausgedrückt, in dieser Babysprache, zuerst groß und dann wieder klein, sie sagte, *ja*.

Um Viertel vor zwölf kommt Sören endlich. Lisa erkennt die Gestalt im weiten, weißen Hemd gleich, die da quer durch den Raum pflügt, zielstrebig wie eines der Segelboote auf der Ostsee, die sie in der Dokumentation gesehen hatte. Er sieht nicht richtig gut aus – vielleicht, weil die Beine im Vergleich zum Oberkörper etwas zu kurz sind –, aber dieser Eindruck wird wieder wettgemacht von der Energie, die er ausstrahlt. Das auf jeden Fall, und sowieso hat sie sich fest vorgenommen, nicht enttäuscht zu sein, nicht einmal, wenn er vielleicht kugelrund oder extrem klein ist, und dies ist beides nicht der Fall. Da, jetzt hat er sie erkannt, seine hellen blauen Augen heften sich auf ihre Brüste unter dem Erdbeermuster, und er lächelt ein Lächeln, das ihr vorkommt wie eine kühle Meeresbrise. Was für eine Hitze hier drin, sagt er, noch bevor er sie überhaupt gefragt hat, ob sie denn Lisa sei. Dabei sieht er so frisch und sportlich aus in seinen weiten Baumwollsachen, die um ihn herumflattern wie schmeichlerische Segel, daß sie gar nicht glauben mag, ihm sei heiß. Blitzschnell setzt er sich auf einen Barhocker, wo man das Mißverhältnis seiner beiden Körperhälften nicht mehr bemerkt, und Lisa findet ihn nun doch so attraktiv, daß sie ihm sofort alle Verspätung entschuldigt. Anstatt also eine Bemerkung dazu zu machen, sagt sie mit wackeliger Stimme in sein Grinsen hinein, ja also, ich bin Lisa, und es irritiert sie, daß er nichts antwortet, sondern sie nur von oben bis unten und unten bis oben taxiert wie etwas, das er sich vielleicht zu kaufen gedenkt, aber noch nicht sicher ist, ob sich die Investition auch lohnt. Lisa hätte es *passend* gefunden, wenn er dabei wenigstens etwas gesagt hätte, andererseits fällt ihr selbst ja auch nichts ein, daher ist sie froh, daß die Bedienung nun kommt, diesmal von ganz alleine und mit einem dicken Lächeln, das vermutlich von Lisas hohem Trinkgeld von vorhin herrührt. Bis die Drinks kommen, schaut er sie weiter einfach nur an, und sie fühlt sich merkwürdig. Sie hat irgendein Zeichen der Enttäuschung erwartet, aber sein Blick spaziert nur gemütlich auf ihr herum, ohne daß er etwas verrät. Lisa trinkt aus Nervosität ihr Glas in einem Rutsch aus, Sören pfeift vergnügt und bestellt mit einem Fingerzeig ein neues. Ich wohne in Bornheim, sagt sie dann, und er antwortet desinteressiert, ja, das hast du am Telefon erzählt, und ich *weiß, daß das nicht stimmt*, denn, sagt sie zu mir, *das habe ich gar nicht erzählt*, aber sie macht Sören nicht darauf aufmerksam, und wieder trinkt sie, das ist gut gegen die Nervosität, und um sie herum beginnen die Wände der Diskothek langsam ein- und auszuatmen, der Raum dehnt sich und zieht sich wieder zusammen, als stecke sie in einer geheimnisvollen Pumpe.

Kontaktanzeigen sind das beste, sagt Sören auf einmal unvermittelt, er beendet den Satz, indem er sein Glas auf die Bar knallt, und Lisa überlegt, das beste von was, sie weiß nicht gleich, ob sie ihn wegen der Musik, die lauter und klopfender wird, falsch verstanden hat, aber da ergänzt er zum Glück, indem er in ihr verwirrtes Gesicht hineinbrüllt, es ist so herrlich unkompliziert, jemanden kennenzulernen, weißt du, ich hasse es nämlich, meine Zeit zu verschwenden. Lisa weiß zwar nicht recht, ob ihr diese Bemerkung nun gefallen soll, findet aber die Ansicht interessant, denn so hat sie Liebe auf den ersten Blick noch nie betrachtet: als Möglichkeit, Zeit zu sparen. Sie knüllt ein leeres Zigarettenpäckchen zusammen, das jemand auf der Theke liegengelassen hat, und überlegt. Wenn er es tatsächlich haßt, seine Zeit zu verschwenden, gleichzeitig aber immer noch bei ihr sitzen bleibt, kann das nur bedeuten, daß er – so ungeheuerlich ihr das vorkommt, es erscheint logisch –, daß er sie mag. Was machst du denn beruflich, ruft sie, und ihre hohe Stimme kämpft gegen den Lärm an, gegen diese zu hohe und kräftige Mauer, aber er wackelt nur nickend mit dem Kopf, vermutlich hat er sie gar nicht verstanden, und führt die Zigarette an seine großen weißen Zahnquader. Sie wiederholt es noch mal, und da rückt er näher, bis sein Mund fast ihr Ohr berührt, und sie riecht das Nikotin in seinem Atem, vermischt mit einem süßlichen After-shave und etwas Schweiß, und die Mischung verwirrt sie so sehr, daß sie die Antwort nicht genau mitbekommt, aber es hat mit Computern zu tun. Ach, wie interessant, sagt sie, und da lacht er mit einem verächtlichen Unterton und sagt, soso, und sie denkt sich, daß er vermutlich so hoch spezialisiert ist, daß er es ihr kaum erklären kann und außerdem auch keine rechte Lust auf eine Diskussion mit einem Laien hat, und das ist natürlich beides sein gutes Recht. Er hat die Anzeige schließlich beantwortet, um seine Freizeit zu gestalten. Er rückt seine Lippen wieder zu ihrem Ohr, fühlst du dich entspannt, fragt er, ich hoffe doch, und er lächelt, trinkt dann einen Schluck aus dem Glas und sieht sie wieder an, diesmal mit leicht zusammengekniffenen Augen. Ja, sagt Lisa sofort, zustimmend und ohne zu überlegen, und als sie es sagt, merkt sie auch, daß es stimmt, sie fühlt sich tatsächlich entspannt. Das war die richtige Antwort, er nickt zufrieden und fragt weiter, du hast doch Phantasie? Lisa ist begeistert, er interessiert sich für ihren Charakter, diese scheinbare Zusammenhanglosigkeit des Gesprächs ist doch mit Sicherheit nur in seiner Unsicherheit zu begründen, aber das ist wirklich nicht schlimm, nichts kann sie besser verstehen als das, und mit flatternden Händen sagt sie, ja, Phantasie, ich habe Phantasie, habe ich, ja, wie ein Mantra, und sie fragt sich, wie es möglich ist, daß dieselbe Situation, die sie in ihren Tagträumen mehr oder weniger überfordert hat, in Wirklichkeit so problemlos und schön sein kann. Sie trinkt ihr Glas aus, es spricht sich einfach leichter, Phantasie, trumpft sie erneut auf, und sie bemerkt, daß dies, eigentlich, auch stimmt, obwohl das noch nie jemand von ihr behauptet hatte. Aber jetzt liegt ihr Charakter so weit offen vor ihr wie die Tür eines herrschaftlichen Schlosses, und drinnen befinden sich ihre Eigenschaften als kostbare Einrichtung, von denen sie, bevor sie Sören kannte, gar nichts geahnt hat, nein, da mußte erst einer kommen und eine Führung veranstalten, hier, meine Damen und Herren, ist Lisas Bauch, hier ist ihr Herz, hier sitzt ihre Vorliebe für den Montagskrimi im Ersten, und dort das große, bunte, das aussieht wie eine freundliche Wolke, das ist ihre Phantasie.

Mir dieses Gespräch Satz für Satz zu schildern war ihr wichtig, sie runzelte ihre Stirn dabei, als gelte es, einen Test zu bestehen. Inzwischen habe ich begriffen, daß sie nur auf diese Weise glaubte, sich für den Rest des Abends rechtfertigen zu können. Sie suchte immer noch nach dem Mißverständnis, das allem zugrunde lag. Tatsächlich kann ich mir nur zu gut vorstellen, wie sie das Schweigen, das dann kommt, als gutes Schweigen interpretiert, *schließlich lieben die Norddeutschen das Stillsein ja auch besonders*, wie sie fasziniert, angetrunken, beobachtet, wie Sören ab und zu einen Schluck aus seinem mit zitronengelber Flüssigkeit gefüllten Glas nimmt, wie er seine Finger in einer Ballett-aufführung tänzen läßt, nur um ein bläulichweißes Papiertaschentuch zu seinen roten, feuchten Lippen zu führen und sie abzutupfen. Lisa sieht gebannt diesem Schauspiel zu, und dann, plötzlich, fängt er ihren bewundernden Blick auf, hält ihn, als jongliere er einen Ball in der Luft, lächelt, sagt, gehen wir, ich zeige dir meine Wohnung, und Lisa geht mit, denn *in Filmen ist man doch auch immer so schnell und direkt, nicht wahr?*

Beim Gehen taucht sie mit jedem Schritt in Watte, und als sie an sich heruntersieht, bemerkt sie, daß der Widerschein der rosa Neonschriften ihre Beine aussehen läßt wie Flamingobeine, sie muß kichern und benutzt das als Vorwand, sich einen Moment lang an Sören zu lehnen. Es herrscht inzwischen Stop-and-go-Verkehr, stockdunkel ist es geworden, ein Lokal sieht aus wie das andere. Das Bahnhofsviertel ist offenbar in der Zeit, die sie in der Diskothek verbracht hat, zu einer eigenen Stadt mit ungeahnten Möglichkeiten angewachsen, zu einem Moloch, zu dem es keinen konventionellen Lageplan gibt. Lisa fühlt sich wie in einem Spiegelkabinett, weil es so aussieht, als würden die Fassaden einzelner Bars und Clubs immer aufs neue wiederholt. Es hätte sie nicht erstaunt, hier auch Sören und sich noch ein paarmal zu begegnen. Auch die Zahl der Besucher hat sich vervielfacht, aber diesmal, in Begleitung von Sören, der mit zielsicheren, festen Schritten das Tempo bestimmt, glotzt niemand Lisa an, im Gegenteil, umgekehrt betrachtet jetzt sie ungeniert die Menschen, dort die Frau, die ihre langen Beine in hochhackigen Stöckeln untergebracht hat und ihren kleinen Hintern im knappen roten Minirock herausstreckt, dort die Gruppe grimmig dreinblickender Männer mit grauen Anzügen und gelben Krawatten und dort einen winzigen Mann, der einen Kampfhund mit hängendem Gesicht und roten Augen an der Leine führt. Normalerweise wechselt Lisa, wenn ein Hund dieser Größe auf dem Fußgängerweg herumgeführt wird, die Straßenseite, aber nicht jetzt. Was immer nun passiert, es ist gut, glaubt sie, und die Welle der Vorfreude spült sie nach vorne. Als Sören ihr den Arm um die Schultern legt, weil sie leicht schwankt, hat sie das Gefühl, sie passe sich mühelos dem Rhythmus seiner Schritte an.

Nach zehn Minuten machen sie halt vor einem Haus, das krumm und schief in der Straßenecke hängt, tappen die Treppe hoch und dann durch den Flur, der sie an einen Tunnel erinnert, mit dem fahlen Fensterlicht am Ende. Kurz davor befindet sich eine Tür, Sören bückt sich, offenbar, um einen Schlüssel unter der Fußmatte hervorzuholen, die Tür gibt quietschend nach. Gespannt, was sie nun erwartet, macht Lisa einen erobernden Schritt nach vorne. Dann geht sie den Schritt wieder zurück, als wolle sie dem Raum noch eine zweite Chance geben, als erwarte sie, daß das Zimmer nur einen Spaß mit ihr gemacht hat, um sogleich zu einem freundlichen Zweizimmerappartement zu werden, mit einem runden Küchentisch und einer Flasche Rotwein, die auf Sören und sie wartet, aber die Wohnung bleibt, was sie ist, ein Loch.

Noch dazu eines, das jemand ungeschickt zu stopfen versucht hat, was im Ergebnis noch trostloser aussieht. Ein länglicher Teil der Fensterscheibe ist neu eingesetzt und zeigt wie ein sauberer Finger auf die anderen drei Teile um das Fensterkreuz herum. Ansonsten gibt es ein Bett, einen Stuhl und einen halbblinden Spiegel, der verziert ist von einer Kette fabrikneu funkelnder bunter Lämpchen, die vage Erinnerungen an Partydekoration wecken. Die graubraune Tür führt vermutlich ins Badezimmer und erweckt den Eindruck, es könne dort jeden Augenblick mit befriedigtem Gesichtsausdruck ein Junkie herausspaziert kommen. Hier wohnt mit Sicherheit niemand. Langsam färbt sich Lisas Stimmung dunkler, als habe sie in ein Glas reiner, schöner Milch einen Löffel Kakao gerührt, und es ent-

steht eine bräunliche Suppe. Sie sieht sich um, Sören ver-
schließt gerade die Tür von innen und steckt den Schlüssel
in seine Hosentasche, er hat nicht aufgehört zu lächeln,
schau an, denkt sie, das ist es also, was er gewollt hat, hier
mit mir in diesem schäbigen Zimmer zu schlafen.

Und mit vor Trauer wahnsinnigem Mut überlegt sie,
ihm den Schlüssel zu entreißen und rauszustürmen, die
Treppe wieder hinunter, die Straße entlang, zurück, zum
Bahnhof, in die S-Bahn, nach Hause und dort in ihr Bett,
die Decke über den Kopf ziehen, alles vergessen.

Aber Sören benimmt sich plötzlich merkwürdig, zusam-
mengesackt sitzt er auf dem Bett, sieht sie mit fragenden
Augen an, ist was, fragt Lisa unsicher, weil er sie in dieser
Verwandlung an eine Diabetikerin erinnerte, die sie einmal gekannt hat, eine sehr laute und energische Person,
nur kurz bevor sie ihre Spritze brauchte, fiel sie wie ein
mißglückter Kuchen in sich zusammen, und dann bat sie
darum, sich hinlegen zu dürfen, bis sie später, wenn sie sich
langsam wieder erholte, nach einem Glas Wasser fragte.
Geradezu mütterliche Sorge empfindet Lisa nun für Sören,
was hat er für eine Krankheit, was kann sie für ihn tun?
Und die Antwort kommt tatsächlich, fast kläglich, wie
angeschossen, fragt er, darf ich dich anziehn?

Anziehn? Lisa versteht nicht, fühlt, daß hier etwas
Ungesundes, etwas Gespenstisches geschieht, bestätigt,
was meinst du denn mit anziehen?

Sören bückt sich und langt an einen bestimmten Platz

unter dem Bett, dort kramt er eine Plastiktüte hervor, er schüttelt etwas Schwarzes heraus und glättet die leere Tüte mit der Hand, wie ein eifriger Boutiquenmitarbeiter, nur um dann noch behutsamer zu werden mit dem Inhalt, er überreicht ihn ihr wie Kronjuwelen. Lisa, angesteckt von der Feierlichkeit seines Gesichtsausdrucks, nimmt die Gabe mit ausgestreckten Armen entgegen. Sie faltet alles auseinander und sieht es sich an. Es sind zwei Teile, zwei Teile für zwei Füße, beziehungsweise Beine, ein Kleidungsstück zwischen Stiefel und Strumpfhose, gemacht aus länglichem, knautschigem Gummi. Sie wiegt es in der Hand, schielt hoch, da ist ein kindlich begeisterter Ausdruck in seinem Gesicht, als er sagt, warte, ich helfe dir und plötzlich mit den Fingern an ihrem Rockbund herumfummelt, wie ein kleiner Junge, der verbotenerweise mit der Puppe seiner Schwester spielt, und all das macht sie jetzt doch neugierig – als habe sie *aus Versehen in einen dieser komischen Kunstfilme auf Arte oder 3sat hineingeschaltet*, ein Film mit Szenen, die, wie sie sagte, ohne Zusammenhang mit dem eigentlichen Plot lang im Gedächtnis bleiben, und willenlos läßt sie es geschehen, daß er ihr Rock, T-Shirt und Unterhose auszieht.

Das Gummiding streift sie sich alleine über, während Sören sich vor sie kniet, um ihr zu helfen, die Sachen pappen ihr klebrig an der Haut, sind nur mühsam hochzuziehen. An den Oberschenkeln muß sie sie zuschnüren wie Schlittschuhe. Sören hält jetzt, vorsichtig, als handle es sich um neugeborene Babys, zwei schwarze Pumps in der Hand, Schuhe, die längst nicht mehr neu sind, im Gegenteil, die Absätze sind schief und der Lack an den Seiten eingekratzt, eine Schäbigkeit, die in keinem Verhältnis steht zu der Zärtlichkeit, mit der er sie vor ihre Füße stellt, und sie zieht die Schuhe an, balanciert auf den hohen, unten in spitze Eisennägel zulaufenden Absätzen, jetzt ist sie ein gutes Stück größer als Sören. In diesem absonderlichen Aufzug und mehr als verwirrt steht sie dann vor ihm und schämt sich, doch er sagt, du bist so schön und sieht sie mit einem derart bewundernden Blick an, wie sie es noch nie erlebt hat, und auf einmal findet sie das ganze häßliche Drumherum gar nicht mehr so schlimm, vielmehr aufregend, denn schließlich unterstreicht es noch, daß alles etwas Besonderes ist, schließlich fühlt sie sich wie eine Königin, so stolz und attraktiv. Sie geht ein paar Schritte auf und ab. Diese Kleidungsstücke sind wie ein Kostüm, das ihr allein durch seine Existenz in dem seltsamen Theaterstück, in das sie geworfen worden ist, souffliert. Der halbblinde Spiegel zeigt das Ergebnis: eine völlig fremde, abstrakte Person, ein Muster, oben weiß, unten schwarz, und da, gerade als sie hineinsieht, knipst Sören die Lämpchen darüber an, und sie sieht sich noch einmal anders, formvollendet aufgelöst in lauter bunte Flecken, die Madonnenfigur in einem mittelalterlichen Kirchenfenster.

Gebannt starrt sie in den Spiegel, sieht, wie ein Umriß sich ihr nähert, nackt, weiß. Blitzschnell hat er sich ausgezogen, sie fühlt eine Zunge im Mund, nicht weich und schneckenglitschig wie bei Klaus, sondern klein und so hart, daß sie mit ihren Schubsern ihre Zähne lockern könnte. Soll ich die Sachen wieder ausziehen? fragt sie in seinen Mund hinein, und sie ist ganz erschrocken über ihre Stimme, die klingt wie ein Biß. Nein, sagt Sören, jetzt geht es weiter, jetzt ist deine Phantasie gefragt, streng dich ein bißchen an, und er legt sich ohne weiteres rücklings auf das Bett, so daß die kleinen bunten Lämpchen ihn von oben beleuchten wie einen Spieltisch. Unsicher betrachtet sie ihn, sein Glied ragt in die Höhe wie der Schalthebel eines Autos, und er scheint auf irgend etwas zu warten, etwas, das sie tun soll, aber sie weiß nicht, was.

Nachdem er eine Weile so dagelegen hat, flucht er etwas, das Lisa nicht versteht, und rollt sich mit einem ärgerlichen Seufzen auf sie. Sie spürt einige Stöße und einen stechenden Schmerz, sie schreit. Er legt ihr die Hand auf den Mund und sagt, hätte gar nicht gedacht, daß du so geil bist. Daraufhin wimmert sie nur noch leise, versucht, ihren Kopf an seinem schweren Körper vorbeizuschieben, damit sie Luft bekommt. *Also zuerst ist alles gräßlich, furchtbar, widerlich.* Aber dann sieht sie sein Gesicht.

Es ist asymmetrisch verzerrt, ganz so als befänden sich über ihr zwei halbe, dunkle, mit unsichtbaren hellen Wimpern und Augenbrauen versehene Gesichter von jeweils ganz verschiedenen Personen, und gerade diese Unterschiedlichkeit bei der Gleichheit in der Ekstase erinnert

Lisa an die verschiedenen, trotz der Kamera in sich gekehrten Gesichtsausdrücke der wettergegerbten Fischer, die in dem Dokumentarfilm über die See vorgekommen sind, und all das bewirkt, daß sie fast so etwas wie Gefallen an allem findet, sie betrachtet seine geschlossenen Augen, den Mund, der sich unter leisem Stöhnen immer wieder öffnet und schließt, im gleichen Rhythmus wie das Stechen zwischen ihren Beinen. Der Schmerz pocht und klopft, er reduziert ihren Körper auf diesen einen Flecken an ihrem Handrücken, und obwohl ihr die Tränen das Gesicht herunterlaufen, weil es so weh tut, empfindet sie das gleichzeitig auch als eine Entlastung, gerade so, als ob der Schmerz aus ihrem Herzen auf die viel kleinere Fläche zwischen ihren Beinen zusammengefaßt und überschaubar geworden sei, kontrollierbar. Sie wird zu einem Pfeil aus Haß, Selbsthaß, und sie beginnt, es zu mögen. Wirklich gern zu haben. *Komisch, nicht?* Aber dann ist es plötzlich vorbei, Blut und Samen kleben an ihrem Oberschenkel, Sören dreht sich weg und bleibt zusammengerollt liegen, er sieht friedlich aus, als würde er schlafen. Hallo, sagt sie unsicher, aber er grunzt nur drohend. Sie bemerkt eine Spinne, die über das untere Ende der Bettdecke krabbelt, und die Schmutzränder an der Wand, und auf einmal ekelt sie sich unglaublich, und von dem Alkohol wird ihr schlecht. Sie steht auf, rennt ins Bad, würgt über dem Waschbecken, aber es kommt nichts, und daraufhin spült sie mit wenigen Handgriffen ihre steife, schmerzende Scheide aus. Eine

Weile steht sie da und starrt einfach in das Waschbecken, bis sie bemerkt, daß alte Haare im Ausguß kleben, kringelige, die nicht wie Kopfhaare aussehen.

Langsam wird ihr bewußt, was passiert ist und was nicht, Sören, sie räuspert sich, Sören, ich gehe. Ja, hau ab, sagt er unfreundlich, ohne sie dabei auch nur anzusehen, und sie wünscht sich, nichts gesagt zu haben. Sie beginnt, sich anzuziehen, mit raschen, festen Bewegungen. Ihre Haut ist an vielen Stellen klebrig von Sörens Schweiß. Als sie ihr T-Shirt überstreift, denkt sie flüchtig daran, wie sie am frühen Abend, frisch geduscht, über ihren mit Kokosmilch eingecremten Körper alle fünf Röcke, die sie besitzt, probeweise mit Oberteilen kombinierte, bis die Zusammenstellung, die ihr am geeignetsten vorkam, endlich gefunden war. Darüber hätte sie jetzt gerne gelacht, aber das geht nicht, die Tränen stauen sich schon. Es war vollkommen egal gewesen, was sie anhatte. Sie weint immer noch nicht, als sie den Schlüssel aus Sörens Hosentasche nimmt, aufschließt und hinausgeht: Sie weiß, wenn sie jetzt damit anfängt, wird sie nie mehr damit aufhören können.

Draußen schießt die Sonne Morgenlicht in ihre Augen, es brennt, als habe ihr jemand Pfeffer hineingestreut. Sonnenblind stolpert Lisa vorwärts, beinahe stößt sie gegen einen der Müllmänner in orangefarbenen Neonjacken, die mit Zangen den Abfall vom Boden aufheben und dabei aussehen wie große, hungrige Vögel. Das Leben geht hier seinen gewohnten Gang und nimmt von ihrer Enttäuschung keinerlei Notiz. Das blonde Mädchen in der Schlangenlederhose ist vermutlich bereits nach Hause gegangen, schlafen, oder nein, wahrscheinlicher ist noch, daß sie jemanden kennengelernt hat und nicht allein sein muß diesen Morgen, nicht so wie sie, Lisa. Sie versucht in einer letzten Anstrengung, die Tränen zu unterdrücken, aber es gelingt ihr nicht mehr, die Welt beginnt, himmelblau und sonnengelb in ihren Augen zu verschwimmen, sich in farbige, wirbelnde Pünktchen aufzulösen. Sie biegt rasch um die Ecke und knallt förmlich gegen den jungen Mann in der zerrissenen Jeansjacke, er hat die Arme wieder oder immer noch durchgestreckt. Nur das mit dem Abheben, denkt Lisa, wird wohl trotz aller Drogen nicht klappen. Wie hat sie diesen ausgemergelten Kerl nur für ein Hoffnungszeichen halten können? Plötzlich meint sie, hier, auf der morgendlichen Straße des Bahnhofsviertels, einen Befehl zu hören, vom selben Gott, der andere zum Tanzen zwingt, sagt, räch dich an ihm, es ist doch so leicht, die Pistole herauszunehmen und zu schießen ... der junge Mann, der fast noch ein Kind ist, sieht sie gar nicht an, sondern starrt immer noch mit offenen Augen in den dunklen Himmel, immer noch so, als gleite sein Blick die geheimen Wände eines inneren Museums herunter, so daß – ja –, so daß Lisa eigentlich nichts weiter täte, als ihm die Tür zu verschließen, damit er für immer dort bleiben kann.

Sie sieht ihn höhnisch an, ja, diese Nacht der Begegnung

mit dem unbekannten Sören ist tatsächlich eine besondere, nämlich diejenige, nach der sie alle Hoffnung endgültig und für immer aufgibt. Nie wird sie, mit diesem spargeligen Körper, von jemandem geliebt werden, nie wird jemand viel Zeit mit ihr verbringen wollen, aus ihrem neuen Porzellangeschirr mit dem blauen Rand essen, immer werden Mädchen wie der blonde Schlangenlederhintern ihr vorgezogen, auch wenn sie überhaupt nicht kochen können. Diese Nacht hat ihr endgültig den Beweis geliefert, daß sie nie eine normale Liebe erleben wird, daß sie sich etwas überlegen muß, vielleicht Leute zu zwingen, sie zu berühren, mit ihrer Pistole, und sie sieht in der unheimlichen Stille, die sich auf der Straße breitgemacht hat, auf die Christusfigur vor ihr herunter, auf den dünnen, sehr jungen Mann, dessen erfreuter Ausdruck auf dem Gesicht, wie sie verblüfft feststellt, im Tod noch gewachsen ist, als habe sie ihm zu guter Letzt einen Gefallen getan.

Die Umgebung von Blitzen

Seit er in Rente war, interessierte er sich sehr für seine Umgebung, und zwar sowohl für das Außergewöhnliche im Alltäglichen als auch für das häufige Erscheinen von Ungewöhnlichem, und immer, wenn er auf seinem Lieblingssessel saß und mit den Seiten der Zeitschrift *Naturphänomene und Sinnestäuschungen* raschelte, der Augustausgabe von vor drei Jahren, freute er sich über die übersichtliche, mit Grafiken und Fotos bestückte Darstellung der Kugelblitztheorie der Neuseeländer Dinis und Abraham, genau wie über die Tatsache, daß jedes einzelne Merkmal mit seinen persönlichen Aufzeichnungen übereinstimmte. So waren sie: gelb-orange oder bläulich leuchtend, mit einem Radius zwischen fünf und dreißig Zentimetern, aber nur wenigen Sekunden Lebensdauer. Und sie hüpften tatsächlich herum wie Volleybälle, bevor sie erloschen. Nur daß sie manchmal sogar ins Gebäude eindrangen, konnte er nicht bestätigen und war auch froh darum, schließlich konnte es leicht einen Schaden geben. Daß sie eine Art Abfallprodukt normaler Blitze bildeten, der Gabelblitze, bedeutete nämlich, daß sie ebenfalls aus heißem Silizium waren.

Die beiden Exemplare, die er gesehen hatte, waren in einiger Entfernung an ihm vorbeigesaust: einmal, als er von einem Klassentreffen heimlief und ihn ein Gewitter auf einem freien Feld überraschte, ein anderes Mal, als er gerade seine neue Brille beim Optiker geholt hatte und über eine kleine Wiese heimradelte. Sie waren schön gewesen. Auch jetzt, während er mit seinem großen, grauen Zeigefinger auf dem Hochglanzpapier die Tabelle entlangfuhr, sah er sie wieder vor sich, diese beiden runden, gleißenden Feuerkugeln, gewaltig nach Art genialer Gedanken, unhaltbar wie Gefühle.

Er konnte die Sätze und Werte aus der Zeitschrift praktisch auswendig, trotzdem überprüfte er sie immer wieder, und es störte ihn, daß Sofie nebenan in der Küche so laut rumorte. Sie benutzte ihr Lieblingsgerät, den Mixer, das aggressive Geräusch ging ihm auf die Nerven, und weil er sowieso schon dabei war, sich über sie zu ärgern, erinnerte er sich gleich noch daran, wie er am vergangenen Abend zum soundsovielten Mal vergeblich versucht hatte, mit ihr über seine bahnbrechende These zu reden, daß nämlich bei jedem Unwetter mindestens ein kleiner Kugelblitz auftauchte, und zwar schon sehr zu Beginn, bereits während des Sturmes, eher als ein Teil der Ouvertüre denn als Schlußakkord und daher auch unbemerkt von den Forschern, die den Sturm als akustisches Phänomen abgehakt hatten und nicht einsahen, warum sie einmal beschlossene Messungen ohne Not wieder beginnen sollten. Selbst die

amerikanische Vereinigung »Freunde ungeklärter Phäno-
mene« hatte seine Vorschläge nur mit einer kleinen, vor-
gedruckten Broschüre beantwortet, die die verknöcherten
Denkmuster der Jungforscher dieser Zeit wiedergab. Und
eben darum, fand Carl verärgert, wäre es schön gewesen,
wenn wenigstens die eigene Frau ihn unterstützen würde.
Aber Sofie hatte sich am Vorabend, als er erneut ein Gespräch darüber anknüpfen wollte, lieber ihrem Kriminal-
roman zugewandt und ihn mit der Bemerkung abgespeist:
»Kugelblitze gibt's nicht.«

»Doch, ha, es sieht sie nur nicht jeder«, hatte er geantwortet, mit einer abfälligen Betonung auf dem Wort »jeder«, er hatte stolz getan, war aber insgeheim enttäuscht
gewesen, wieder einmal bei diesem Thema.

Carl stand auf, um seine Glieder zu bewegen, von denen
anscheinend gleich mehrere ihre Chance genutzt hatten
und sofort eingeschlafen waren, nachdem er sich gesetzt
hatte. Er rollte mit den Kugelgelenken herum und schlen-
kerte das linke Bein nach vorne, bis das unangenehme Gefühl der Taubheit einem zuerst noch unangenehmeren
Kribbeln und dann jenem Eindruck wich, den er als das
normale Gefühl bezeichnen würde. Es bedrückte ihn nicht
das Wegschlafen einzelner Körperteile an sich, sondern die
dahinter lauernde Tatsache, daß er sie nicht mehr recht
unter Kontrolle hatte, daß diese anscheinend schon müder
waren als er selbst; sein Geist, sein Intellekt, die Synapsen
in seinem Kopf, sie hatten diesen Drang, ihn einfach im

Stich zu lassen, unsolidarisch, verhuscht. Aber vielleicht konnten sie ja auch nicht anders, vielleicht war es seine Schuld, weil er beim Nachdenken so viel Energie für die Winkel und Ecken in seinem Kopf verbrauchte, daß es nicht mehr für den gesamten Körper reichte. Und um sich abzulenken – schließlich war vom Gedanken an die Müdigkeit der Gedanke an den Tod nicht weit entfernt –, lief er ans Fenster. Der Ausblick machte ihn glücklich. Wie gut es doch war, ein Appartement in einem Haus zu bewohnen, das ein wenig am Hang lag, zwar gelblich gestrichen und flach wie ein Käsekuchen, also alles in allem nicht imposant, aber mit dem Vorteil, daß es eine ausgezeichnete Sicht bot auf den großen, mal sahnefarbenen, mal blauschimmernden oder, seltener, auffällig oft an Dienstagen, auch grünlichen Himmel über dem Städtchen. Auch wenn heute nichts los war dort oben, kein Wölkchen vorbeizog, kein Sonnenstrahl sich krümmte, die Riesenfläche Kobaltblau leer blieb, verstärkte dies nur noch die Vorfreude auf das Gewitter, das für den kommenden Abend vorhergesagt war.

Er prüfte gerade die Bequemlichkeit seines Beobachterpostens, den Winkel des Sessels zum Fenster, die Schärfe des Feldstechers, die Höhe des Fotoapparats auf der selbstgebauten Stativkonstruktion, die Erreichbarkeit des Notizblocks, solche Dinge, als es klingelte. Fast war er froh um die Störung, da sie ihm bestätigte, wie gut es gewesen war, bereits einen Tag früher mit den Vorbereitungen zu beginnen, daß er sich auf diese Weise ausgezeichnet eine Pause erlauben konnte, um an die Wohnzimmertür zu gehen und zu lauschen, was im Flur vor sich ging. Er konnte die Stimme nicht auf Anhieb zuordnen.

»Sie wollen – was?« fragte Sofie.

»Ich möchte für Sie beide morgen abend, wenn bei mir die Party läuft, eine Nacht im Hotel bezahlen, unten, im Goldenen Adler, ein schönes Hotel, das kennen Sie bestimmt.«

Aha, dachte Carl, es handelte sich offenbar um die amüsierfreudige junge Frau, die in der ausgebauten Dachwohnung über ihnen wohnte, bei aller Schönheit der Sicht aus den Fenstern hatte dieses Haus den entscheidenden Nachteil, daß es ihnen nicht allein gehörte. Bei der jungen Nachbarin oben herrschte ständiges Kommen und Gehen, er konnte inzwischen schon die einzelnen Trittarten ihrer verschiedenen, aber regelmäßigen Besucher zuordnen, da gab es den Galoppierenden, den Trampler, die Walze... Carl hatte der Amüsierfreudigen, die angeblich Studentin war, immer schon mal empfehlen wollen, eine Kneipe zu eröffnen, aber bitte woanders.

»Es wird vermutlich ziemlich laut, und damit Sie schlafen können... und es wäre doch auch ein schöner Ausflug...«

»Hm«, machte Sofie, sie klang viel zu interessiert, er drückte sein Ohr an das kalte Holz der Tür und war sich sicher, daß die Antwort seiner Frau nicht nach seinem Geschmack ausfallen würde.

»Das ist ein bißchen kurzfristig, aber es hört sich doch gut an. Na gut. Aber mein Mann. Ich muß noch meinen Mann fragen.«

Obwohl er es hätte erwarten können, zuckte er zusammen, als sie dann »Caa-haa-harrl« schrillte, er zählte noch bis elf, öffnete dann die Tür, um sich mit größtmöglicher Contenance die ihm bekannte Idee der jungen Frau noch mal anzuhören. Dabei rotierten die Gedanken in seinem Kopf, es half nichts, er würde einfach stur ablehnen müssen, es war ja sinnlos, erklären zu wollen, was genau den Reiz einer Gewitterbeobachtung ausmachte, wie unglaublich schön es war, einen Kugelblitz zu sehen, etwas Spezielles; ein bißchen wie Sex, tröstend und unheimlich, weil man das Gefühl hat, so der Grenze zu etwas Unfaßbarem, aber gleichwohl Existentem gewahr geworden zu sein. Nein, auch wenn am morgigen Abend eine Elefantenherde über ihm steppen würde, er zöge einfach die Decke über den Kopf und wäre zufrieden. Sowieso konnte er erst mal nicht weiter denken als *bis* dahin, *bis* zu dem Gewitter. Er steckte die Hände in die Taschen seiner Hausjoppe, machte ein undurchdringliches Gesicht, und erst nach einer ordentlichen, die Aufmerksamkeit bannenden Pause sagte er: »Ausquartieren? Für morgen abend? Oh, aber nein. Danke. Lärm stört uns nicht. Feiern Sie ruhig, wir bleiben da.«

Gerade als er zufrieden registrierte, daß der Besuch zwar enttäuscht dreinblickte, aber nicht zu widersprechen wagte, daß die Feierwütige auf den Boden guckte, zu ihren Schuh-spitzen, die nun gleich wieder in die andere Richtung zei-gen würden, weil sie sich nämlich umdrehen würde, um zu gehen, da bemerkte er, daß seine Frau ihn streng ansah, sehr streng.

Das Hotel war tatsächlich schön. Es war ein altes Fach-werkhaus, mit einem goldverzierten Schnörkelschild, das in die Straße hing, schmalen Butzenfenstern unten, oben zum Glück großen, hellen Scheiben, einer Drehtür, einem wüstengroßen Teppich, umgeben von einem Rand aus Grünpflanzen. Kaum waren sie eingetreten, eilte auch schon der Concierge herbei, um ihnen einen schweren Schlüssel mit goldenem Nummernanhänger auszuhändi-gen. Einmal angekommen, sehnte man sich von solch einem Ort genausowenig weg wie man sich hingesehnt hatte.

Ein kleiner Page trug Sofies Tasche, ein größerer seinen Koffer mit den Bobachtungsutensilien in Zimmer Num-mer dreihundertacht, und noch während der junge Mann vorführte, wie die Lampen funktionierten und die Tür mit einer kleinen Sicherheitskette zu versehen war, stand Carl schon am Fenster und spähte hinaus, nur für den Ausblick hatte er Interesse. In den Verhandlungen mit seiner Frau, in denen er Schritt für Schritt von seiner Position abge-kommen war, hatte er sich ausgebeten, daß sie im Hotel anrufen und nach dem Zimmer mit der besten Sicht fragen sollte, in solchen kommunikativen Dingen war sie ohnehin besser, und er hätte im Zweifelsfall alles Recht der Welt gehabt, sich bei ihr zu beschweren, doch es gab wirklich keinen Grund, und außerdem pfiff sie gerade fröhlich beim Auspacken, und er wollte ihr keine schlechte Laune machen, schließlich war das die beste Voraussetzung für einen angenehmen gemeinsamen Abend. Der Ausblick war, nun ja, mittelmäßig für eine Beobachtung von einer solchen Bedeutung, wie er sie zu machen gedachte, und doch war er trotzdem besser als angenommen. Es gab längst kein so großes Fenster wie zu Hause, doch man konnte weiter sehen, bis schräg hinter die Kirche und auf das Wäldchen herab. Im Moment allerdings, am Freitag abend gegen halb acht, lenkte das Gewusel in der Fußgängerzone unten ihn ab. Die Menschen da unten, die aneinanderrempelten, sich überholten und anpufften, schienen so zahlreich, daß Carl den Eindruck bekam, sie vervielfachten sich noch, während er herunterschaute. Und sie hatten alle dieses unglaubliche Tempo, das in ihm den Wunsch weckte, er könne wie ein erschöpfter Regisseur das Bild einfach anhalten, sich einzelne Figuren herausnehmen und zu ihnen sprechen. Sie fragen, auf welcher Suche sie eigentlich seien. Aber da platzte eine Bemerkung seiner Frau mitten in seinen philosophischen Gedankengang hinein: »Charlie, sag, was machst du so lange am Fenster? Willst du dich rausstürzen?«

Er wollte sich gerade zu ihr umdrehen, als er bemerkte,

wie von diesem unverschämten Spiegel am Schrank sein Lächeln zurückgeworfen wurde als Fratze eines irgendwie komischen, verhutzelten alten Männchens. Es trug eine dunkelgraue Cordhose mit Beulen an den Knien und einen rauchgrauen Pullover. Carl starrte es an. Sowohl die Hose als auch der Pullover waren Kleidungsstücke, die er seit langen Jahren schon schätzte, und er hätte erwartet, daß diese ihm umgekehrt auch Respekt zollten, doch jetzt zeigten sie ihm ganz deutlich, daß dies nicht der Fall war. Der Stoff fiel keineswegs in unaufdringlicher Eleganz an seiner Brust und seinem Becken herab, sondern orientierte sich ins Waagrechte, stimmte da etwas mit seinen Körperformen nicht, er faßte irritiert nach, aber nein, er war hager wie seit jeher, keine Wucherungen, nichts dergleichen, alles in Ordnung. Aber was für eine blöde Idee auch, einen mannshohen Spiegel in ein Hotel-Schlafzimmer zu hängen. Der Schrank wäre ohne dieses Ding in der Tür vermutlich richtig schön gewesen. Seufzend kam er zu dem Schluß, daß er seine beste Zeit in den Jahren gehabt hatte, als diese Möbel noch junge Bäume in den Wäldern Skandinaviens waren.

»Dann komm halt von dem Spiegel weg«, sagte Sofie, die, wie er seit langem wußte, seine Gedanken lesen konnte.

»Komme.«

Sie lag ausgestreckt auf dem Bett, hatte sich ein bißchen hindrapiert, was ihn nun aber wieder gar nicht überraschte, weil sie immer schon gerne in Konkurrenz getreten war zu den Dingen, mit denen er sich gerade beschäftigte, und es gelang ihr ziemlich oft. Auch jetzt war er versucht, denn an diesem Tag sah sie ganz besonders hübsch aus. Unter der rosa Strickjacke trug sie eine weiße Bluse, an der die obersten beiden Knöpfe offen waren, so daß man ihre feine, weiße Haut sehen konnte, was ihn wieder daran erinnerte, daß im Alter von etwa fünfundfünfzig eine ungewöhnliche Veränderung mit ihr begonnen hatte. Versonnen betrachtete er ihr Dekolleté, den weißen Hautausschnitt, der glatt war, auf ungewöhnliche, geheimnisvolle Weise, als habe jemand ein Leintuch sehr gründlich gebügelt, so exakt, wie heute kaum noch Bettwäsche gebügelt wurde, nicht einmal in einem so guten Hotel wie diesem. Zuerst hatte er geglaubt, sie altere einfach gut, dann jedoch hatte er festgestellt, daß sie *gar nicht* alterte. Ihr Gesicht war eine glatte Angelegenheit, die Haut weiß wie Zuckerguß, Falten gab es nicht. Sie besaß eine feenhafte, mondfrauartige Ausstrahlung, etwas reizvoll Unberührbares, und das, obwohl er sie schon Tausende von Malen angefaßt hatte. Carl betrachtete ihren sich bewegenden Mund, rosa war er nun, nicht mehr rot, so wie sämtliche ihrer Körperteile inzwischen pastellener geworden waren, reinere, blassere Töne. Sogar ihre Augen kamen ihm heller vor, glitzernder, und wie um dem neuen Inhalt auch eine neue Form zu geben, magerte das vorher etwas zu runde Gesicht ab, als habe ein Bildhauer das darunterliegende, ausdrucksvolle Oval endlich freigelegt. Carl hatte sich schon öfter gefragt, ob er mit Professor Tuck, seinem alten Freund, über die Sache mit Sofies Nichtaltern sprechen sollte, er könnte ihre Hautcreme untersuchen lassen, zum Beispiel, und natürlich sie selbst, für den Anfang würde es vermutlich schon reichen, wenn er und Tuck sich zu einem Abendessen treffen würden und er nähme Sofie dorthin mit, essen ging sie schließlich gerne, immer und überall, und unter irgendeinem Vorwand schaute Tuck sie sich dann näher an. Doch sehr wahrscheinlich würde sich aus einer Analyse nichts weiter ergeben als die Carl schon bekannte Tatsache der psychosomatischen Gründe, und die konnte er sich selbst zusammenreimen. Seiner Ansicht nach waren es die nahezu perfekten, ruhigen, liebevollen Lebensumstände, in denen er mit ihr wohnte, in denen er ihr jahrelanges Glück geschenkt hatte, die sie so prima konservierten. Mitten im Krieg hatte er sie kennengelernt, sie hatte nichts besessen, nur einige kleine, eitle Hüte, und er hatte sie zur Polizeihauptmeistersgattin gemacht, zur Mutter eines hervorragendes Sohnes, und nun war sie sogar Großmutter zweier famoser Enkelkinder mit Zahnlücken. Er schaute Sofie prüfend an.

»Was schaust du so? Und hast du diesen Bettüberzug gesehen? Ist er nicht hübsch?« Sie wedelte mit einem Stück Stoff vor seinen Augen herum.

Ihm fiel wieder auf, wie oft sie sehr uninteressante Dinge sagte. Es störte ihn nicht mehr, seit er erkannt hatte, daß zufriedene Frauen bei dem, was sie von sich gaben, eben einfach nicht besonders spannend waren, am wenigsten womöglich für denjenigen, der sie zufrieden gemacht hatte. Er setzte sich an den Bettrand, streichelte ihren Hals, ihre Brust, ihren Bauch und hörte sich dabei ihre Bemerkungen an, üblicherweise inspirierte sie alles, das in irgendeiner Form von außen kam, zu absurden Gedanken, ob es sich um eine Zeitschrift handelte, den Anruf einer ihrer Freundinnen, einen Fernsehfilm oder wie jetzt und hier um diese Hoteleinrichtung, von der sie anscheinend Anregungen zur Innengestaltung ihrer Wohnung bezog, die sie ihm laut mitteilte. Wie eine dieser überdrehten Theaterdekorateurinnen, mit denen ihr Sohn einige Jahre lang gerne herumgezogen war, fand sie nie endenden Gefallen daran, immer alles zu variieren, Vorhänge zu verändern, umzufärben, zu kürzen, ja, ganze Zimmereinrichtungen komplett umzustrukturieren, so daß er manchmal Angst hatte, er könnte sich im eigenen Haus verirren, und froh war, als fixe Bezugspunkte zumindest Toilette und Badewanne zu haben.

»Wir bräuchten auch ein flotteres Schlafzimmer«, plapperte Sofie, »die neue Bettwäsche bei uns zu Hause ist so schön, aber das Schlafzimmer ist fast fünfzehn Jahre alt«, er betrachtete gedankenverloren das Bett vor ihm mit Sofie darauf, was für eine wunderschöne Kuhle ihr Körper auf der weichen Masse aus Decke und Überdecke machte, eine Kuhle, die weich und warm sein mußte, »ist es nicht anre-

gend, hierzusein, ist es nicht ein rundum erfreulicher Ausflug, so kostenlos im übrigen auch, sollen die jungen Leute
sich doch amüsieren, ich finde es hier hervorragend, wir
haben Kabelfernsehen und können uns was zu essen kommen lassen, geht alles auf die Rechnung, ich muß nicht kochen«, er ließ die Worte an sich vorbeirauschen, ähnlich
wie der Sturm mit seinem Rasen und Toben war Sofie im
wesentlichen ein akustisches Phänomen.

»Schau nicht immer aus dem Fenster, das dauert noch,
es ist dir doch recht, daß wir jetzt erst fernsehen und später
etwas zu essen bestellen? He, ich habe dich etwas gefragt!«

»Entschuldige«, sagte er, »das habe ich jetzt nicht mit-
bekommen.«

»Du denkst doch nicht schon wieder an diese blöden
Blitzdinger?«

»Nein, nein.«

Er zog sie an sich und wußte, gleich würden sie sich in-
einanderschlingen, zu einem Knoten werden, er liebte die
Mischung aus Effizienz und Verspieltheit, die sie zusammen
an den Tag legten; das Zusammenwirken von Training und
Intuition, das sie in den fünfunddreißig Jahren ihres Zu-
sammenlebens entwickelt hatten, das war schon eine gute
Sache. Immer wenn er fand, Sofie wurde gerade zu ab-
schweifend, wirkte sie wieder konzentriert und zweckmäßig,
und sobald sie ihm irgendwie zu routiniert vorkam, bewies
sie durch eine Unterbrechung, einen Schnörkel, einen
speziellen Zungenschlag, daß sie ihn durchaus noch über-

raschen konnte. Was ihn dann wiederum, im nächsten Moment, erneut Freude am Vertrauten, Geliebten der Bewegung empfinden ließ. Er vergaß die Obsession für Kugelblitze. Tauschte sie mit der Obsession für Sofie.

»Immer vor Gewittern«, sagte sie später, als sie am Fenster saßen, mit Aperitifs und Erdnüssen aus der Minibar, »immer vor Gewittern bist du am besten, das habe nun ausnahmsweise einmal *ich* herausgefunden«, sie spielte mit der Fernbedienung, natürlich, sie mußte ausgerechnet in den trautesten Minuten ihrer Zweisamkeit mit dem Herumzappen anfangen und noch mindestens vier blonde Moderatorinnen, ein leukämiekrankes Kind, eine Millionärsehefrau und eine Horde verzotteter Demonstranten ins Zimmer holen. Zum Glück blieb sie einigermaßen schnell im dritten Programm hängen, »Tatort«, sagte sie mit einer Begeisterung, die ihm merkwürdig vorkam angesichts der Tatsache, daß es sich um eine in regelmäßigen Abständen ausgestrahlte Serie handelte, »das ist Kommissar Brinkmann«. Carl war sich nach drei Minuten sicher, daß sie diese Tatort-Folge schon gesehen hatten, diese Baugrube, aus der sie die Leiche holten, kam ihm ausgesprochen bekannt vor, und er verdächtigte sofort die rothaarige Witwe, wofür es eigentlich gar keinen Grund gab, aber er schwieg, strich nur Sofie mit der Hand über den Rücken und sagte: »Aber wenn es losgeht, machst du aus, ja?«

Noch vor dem ersten Donnergrollen war der Film zu Ende, sie warteten, sie hatte erstaunlicherweise darauf bestanden, daß nicht ein einzelner Sessel, sondern das ganze Sofa ans Fenster gerückt wurde, und zufrieden über ihr höfliches Interesse an seiner Wetterforschung, hatte er es, unter Ächzen und Stöhnen, bewerkstelligt. Nach ein paar Minuten, in denen die andauernde Stille ihn immer mehr erwarten machte, sagte Carl: »In alten Zeiten glaubten die Menschen, Blitz und Donner seien die Waffen von Göttern und Zeichen ihres Zorns, heute wissen wir, daß es Naturerscheinungen sind«, und Sofie bemerkte, friedlich in seinen Arm gekuschelt: »Schöne Erscheinungen«.

Nichts regte sich, aber er wußte, was da draußen, unsichtbar, gerade passierte, daß die warme, feuchte Luft sehr schnell in die hohen, kalten Bereiche der Lufthülle gerissen wurde, und nach noch mehr quälenden Minuten, endlich, sah er dann tatsächlich, wie riesige Wolkentürme sich aufbauten, Cumulonimbuswolken, Gewitterwolken – gerne verwechselt mit Cumuluswolken, Schönwetterwolken –, einer gigantischen, himmlischen Blumenkohlzucht nicht unähnlich.

Er puffte Sofie in die Seite und flüsterte: »Sieh doch«, und sie hielt ausnahmsweise still, sagte kein Wort, schnaubte nicht einmal, sondern schaute mit ihm zu, wie einzelne Sonnenstrahlen als feine Risse durch die Wolken drangen. Er fand diese Stärke des Lichts ehrfuchtgebietend, sie erinnerte ihn wieder daran, daß dort oben eine Instanz thronte, Gott, fordernd, mächtig, niemals müde. Carl unterdrückte seinen Impuls, zu winken, den Wolken entgegenzuwinken.

Dann kam der Donner. Er sah einen verzweigten Blitz zucken. Der Himmel war plötzlich mit Strähnchen frisiert. Doch so famos das aussah, es waren nichts weiter als normale Gabelblitze, nichts Ungewöhnliches, und er war ein wenig enttäuscht. Abgesehen davon fiel ihm zum ersten Mal die Ähnlichkeit mit einer Krampfader auf.

»Jetzt«, sagte er gepreßt.

Aber das war auch schon alles gewesen. Wasser prasselte wie eine zusätzliche Wand aus dem grauen Nichts, er hörte die Anlasser von Autos, und weiter weg sah er ein rotes, rundes Licht, das vermutlich, nein, ziemlich sicher, ein Scheinwerfer war. Die Welt draußen schwamm unter seinem Blick davon. Er war maßlos enttäuscht. Es mußte an seiner Konzentration gelegen haben, anders konnte er sich das nicht erklären. Oder war das Runde, Rote doch kein Scheinwerfer gewesen, sondern in kleiner, ganz kleiner Kugelblitz?

»Schon vorbei«, sagte Sofie vorsichtig, und er sagte aus einem Impuls heraus: »Da war einer, nicht so groß«, aber es klang nicht sehr glaubhaft, nicht einmal vor sich selbst. Doch exakt aus diesem Grund trieb er es noch auf die Spitze, indem er sie fragte: »Hast du ihn gesehen?« Er fragte auffordernd und ein wenig resigniert, er hoffte, sie würde nicht bemerken, daß er den Tränen nahe war.

Aber nein, sie wirkte unsicher, geradezu eingeschüchtert.

»Ich weiß nicht, ja, doch, ich glaube«, sagte Sofie, er verstand nicht gleich, aber es war die Antwort auf seine Frage, damit sagte sie nichts weniger, als daß sie diesmal etwas gesehen hatte, sie, nicht er. Nicht zu fassen, konnte es sein, daß in diesem Fall sie die schnelleren Augen, den konzentrierten Blick gehabt hatte? Er sah sie an, sie lächelte verstört, freundlich, kein bißchen ironisch, als wäre sie überrumpelt vom Vorgefallenen.

In seinem Kopf ratterte es … wenn sie auf einmal über seine Fähigkeit verfügte … konnte es denn sein, daß da ein Austausch stattgefunden hatte, sich die Energie von einem auf den anderen Körper übertragen hatte?

Doch, das hielt er durchaus für möglich.

»Du hast also etwas gesehen«, bekräftigte er mehr als daß er fragte, und sie schaute ihn liebevoll an, »so ein rundes, orangefarbenes Ding, nicht wahr, genau, das hab ich gesehen«.

Carl überlegte, ob er auf die Möglichkeit von Scheinwerfern zu sprechen kommen sollte, andererseits war dahinten, am Waldstück, ein Auto doch mehr als unwahrscheinlich, und die praktische Sofie hätte, wenn es sich um ein solches gehandelt hätte, mit Sicherheit kein Blatt vor den Mund genommen. »Und?« fragte er, »ich meine, wie fandest du ihn?« Dabei umarmte er sie so fest, daß er kaum ihre in seine Schulter genuschelte Antwort hörte, »sehr schön«.

Aber er wußte, daß dies viel, sehr viel mehr war als nur sehr schön, es war ein Wunder, denn das hieß, daß es so war, daß sie gemeinsam imstande waren, ins Unbekannte vorzudringen, die Grenzen ihrer Erfahrung zu verschieben und vielleicht nach einer echten Suche Erkenntnisse zu gewinnen, die schwer zu erlangen waren, ja, so mußte es sein, welche Gabe! »Und du wirst morgen nicht behaupten, das hättest du nur mir zuliebe gesagt?« wollte er sicherheitshalber wissen, sie erwiderte: »Nein, werde ich nicht. Ich habe doch gesagt, ich mag Gewitter«, aber noch während Sofie nun immer wortreicher das Gesehene bestätigte und er sie dabei drückte und herzte, formte sich in seinem Kopf eine neue Theorie, eine, die davon handelte, daß sich Fähigkeiten zwar übertragen konnten, die Voraussetzung dafür jedoch war, daß zwischen zwei Menschen eine Liebe bestand, so enorm, daß das Unsichtbare sichtbar und das Unhörbare hörbar wurde, eine Liebe, die sogar zuließ, daß Sofie jetzt ungeduldig fragte: »Können wir endlich etwas zu essen bestellen?« und dabei ein Gesicht machte, als hätte sie in jeder Hinsicht gewonnen. Er ignorierte das, denn er war glücklich.

Die ganze Welt war ein Lampenschirm, und er war das Licht.

Zickzack oder Die sieben Todsünden

Als Nette das Fenster öffnete, die Nase hinausstreckte, schlug ihr Eiswind ins Gesicht, Eiswind, Januarkind, Eiswind, die Gitterstäbe des Gerüsts malten Zickzacklinien in den kristallblauen Winterhimmel, sie schnitten ein Muster in Nettes Sicht. Auf der Straße stieg, tomatenrot leuchtend, Frau Papatz ins Taxi, Katharina Papatz, eine Person wie ein Signal, halt, weiter, schneller, zack, die Stimme so unausweichlich wie die Mathematikarbeit, keine Zicke, das sicher nicht, eine Zicke hätte das langsame, zockelnde Taxi nicht dazu bekommen, nach ein paar Metern loszupreschen, die Papatz mußte gebrüllt haben, fahren Sie um Ihr Leben, hundert extra, wenn wir rechtzeitig am Flughafen sind. Denn die Papatz wollte weg, nach Paris. Und Nette blieb, in ihrer Wohnung. Au revoir, Madame, und keine Sorge, wir tun hier nichts Böses.

Nette suchte in den Jeanstaschen, zog ein zerquetschtes Päckchen hervor, steckte sich eine Zigarette an, dünne, lange silberfarbene Schachtel, ein Glimmen im Halbdunkeln, verboten, Rauchen mit vierzehn, aschenweiß, grau und oben orange, sie malte kleine Kreise in die Luft. Zigaretten-Feuerkreise waren so voll Schönheit, so viel Schönheit sah sie in der winzigen Zigarettenspitze, und dann inhalierte sie diese Schönheit mit einem einzigen, heimlichen Zug. Die Dunkelheit stürzte jetzt in Sekunden herunter, man konnte der Welt, die kalt durchs Fenster hereindrang, beim Schwarzwerden zusehen. Ganz vorne am Fenster, die Zickzacklinien des Gerüsts, die blieben. Die Maler waren lange gegangen. Das Haus hatte zur einen Hälfte schon den neuen Anstrich, zärtliches Zitronengelb, zur anderen war es noch schmutzigviolett. Einzelne Schneeflocken stoben herum, eine Flocke wollte auf Nettes Nase. Wollte, konnte nicht, kam nicht, der Wind war dagegen. Nette wünschte sie sich her, Herwünschen war sinnlos, auch bei Flocken, Nette war nicht enttäuscht, Enttäuschung war sinnlos. Nette schnippte die zweite Hälfte der Zigarette hinaus, zog das Fenster wieder zu. Erst einmal mußte sie telefonieren.

55 70 600, Marie krähte: »Hallo, wer da?«, und dann: »Ach, du bist es, aber wieso, wo bist du?« Nette stellte sich Marie beim Telefonieren vor, schwitzend, das Telefonkabel durch die Finger ziehend, auf dem Display diese Nummer, die sie nicht kannte. Nette sagte, daß sie auf eine Wohnung aufpaßte, bei einer Frau, die oft bei Mutter einkaufte, Papatz hieß sie, »und die Papatz hat Angst vor Einbrechern, weil hier Maler sind und ein Gerüst steht, und die Papatz muß nach Paris«.

Marie machte eine Denkpause, Marie war langsam. Nette erinnerte sich an die Szene in Mutters Kleiderladen,

Ulli und sie hatten Mutter abgeholt, sie wollten zu dritt Pizza essen gehen, aber Mutter war noch nicht fertig, und sie hatten zugesehen, wie sie im Modeladen stand und der Papatz den Saum absteckte; für diesen tänzelnden Kasten auf Pfennigabsätzen mußte man sämtliche Mode kürzen. Dann hatte die Papatz gesagt, daß sie einen *Homesitter* brauche, am verlängerten Wochenende. Und ob nicht der starke junge Mann, ja, Ulli, ja, er, und vielleicht mit seiner reizenden Schwester... *Homesitter!* Nette hatte erst mal »Nein!« geschrien, sie schrie immer erst mal »Nein!«, als Frau mußte man das können. Aber Ulli hatte sofort ja gesagt. Nette schaute auf die Uhr, eigentlich komisch, daß Ulli noch nicht da war, dabei hatte er doch ein enormes Interesse daran gehabt, *Homesitter* zu sein, schlängelndes Lächeln, Blinkern in den Augen, ein Stoß in ihre Rippen, ein Flüstern, »das machen wir«, ein ganzes Wochenende lang sturmfreie Bude.

»Marie!« Jetzt war Nette ungeduldig. »Was ist nun, willst du nicht herkommen?«

»Video gucken?«

»Von mir aus«, sagte Nette. »Aber du mußt ein Video mitbringen, ich sehe hier keines, keine Ahnung, wozu sie den Apparat hat.«

»Vielleicht für die besonderen Videos, und die hat sie weggeräumt.«

»Nee, glaub ich nicht«, sagte Nette, »du müßtest sie sehen«, und sie dachte an die Papatz: an die Parfumschwaden und an das geliftete Lächeln. Die Haare hatte sie in einer Art Muschel auf dem Kopf sitzen, die merkwürdig glänzenden Ohren schauten heraus wie Accessoires, als seien sie schon Teil der Ohrringe darunter. Nein, so eine hatte kein geheimes Leben, genausowenig wie ein papierner Weihnachtsrauschgoldengel, und Marie ging auch gar nicht weiter darauf ein, ihr war etwas eingefallen, offensichtlich war ihr etwas eingefallen. Nette hatte schon bemerkt, daß Maries Einfälle langsam anrollten. In einem solchen Fall atmete Marie hörbar, prustete, und erst dann sagte sie etwas. Jetzt verkündete sie im Ton einer Geheimnisträgerin, einer Geheimnisträgerin mit mindestens staatstragendem Auftrag: »Ich werde vielleicht noch wen mitbringen, vielleicht Daniel, der ist total verknallt in dich.«

»Tja, dann mach mal«, erwiderte Nette. Daniel war nett, aber was Nette nett fand, das war irgendwie nix, ging in ihrem Namen auf wie Sahne im Pudding. Eine Zutat. Daniel. So schüchtern. Keiner wie Ulli.

Es atmete am andern Ende der Leitung, Marie dachte nach. »Um acht Uhr«, schlug sie vor.

Nette sah auf die Uhr, dickes, schwarzes Plastik, ein Armband wie für einen Hundehals, es kettete ihr Handgelenk an die Zeit, ticktack, sie mochte nur Uhren ohne Ziffern, weil sie so unaufdringlich waren, ungenau, runde, weiße Gesichter, die Zeit war aufdringlich genug. Es konnte höchstens halb sieben sein. Nettes Blick glitt vom Uhrengesicht auf ihr Handgelenk. Der große, flache Knochen,

Nette zwickte sich. Sie war da. Ja. Sicher. Hatte sie irgendwas anderes geglaubt?

Marie keuchte, schnaufte, brauchte noch die Adresse, Nette wartete, bis sie aufgelegt hatte, bis sie wieder allein war, oder halt, doch nicht allein, hinten im Raum bewegte sich etwas, ein schwarzer Fleck, ein Tintenklecks in Form eines Katers. Nette erschrak, den Kater hatte sie vollkommen vergessen. Sie ging einen Schritt auf ihn zu, der Kater blieb stehen, schnurrte, sie wühlte sich durch glänzendes schwarzes Fell mit Verdickungen, die sich anfaßten wie eingenähte Teppichstücke, Perser natürlich. Das Tier bewegte seinen enormen dreieckigen Kopf, elegant und gelangweilt, eine Superkatze.

Martin hieß er, die Papatz hatte ihn ihr vorgestellt mit Stolz in der Stimme, als habe sie Martin selbst erfunden, als habe sie ihn selbst geboren durch den großen rotgeschminkten Mund, der sich öffnete zum »Aaaah«, »das ist Maaaahrtiiin«, hatte sie gesagt, »Sie dürfen ihn streicheln«. Es gefiel Nette, wenn sie gesiezt wurde.

Ihre Sporttasche lag noch immer, wo sie sie hingelegt hatte, daneben die Plastiktüte mit den Mathe- und Englischbüchern, sie mochte sie nicht sehen, Ärger, Arbeit, Zahlen, schwarze kleine Krähenfüße auf rauhem Papier. Und Englisch. Häßliche, aus der Kehle gestoßene Worte. Das waren ihre schwächsten Fächer, und die Bücher führte sie daher ständig spazieren, die Bücher kamen wirklich herum in der Welt, in der Straßenbahn, in der Schultertasche, in den Ferien. Sie legte alles auf die Couch, drapierte eine Decke darüber. (»Nehmen Sie die *Plaids*, wenn es Ihnen kühl wird beim Fernsehen«) *Plaids*, plöde, plöde, blöde, dachte Nette, aber irgendwie auch schick, und sie setzte sich auf die helle Ledergarnitur, sah sich um, weiße Wände, ein Bild aus lauter winzigen Eisennägeln, zwei mit enormen Köpfen drauf, flach wie im Comic, eine Bodenvase mit Zweigen drin, afrikanische Masken, Glas, Chrom, Abrundungen, keine Ecken an den Möbeln, ein weißer Beistelltisch in ulkiger Form, wie ein Fleck verschüttete Milch, Milch für den Kater, eine schöne Wohnung, aber kalt, es sah kalt aus, und aufgeräumt, eine Kulisse für irgendwas, Nette hatte nur keine Ahnung, für was.

Noch eineinhalb Stunden, ungefähr, dann kamen Marie und Daniel. Sie würde Ulli damit beeindrucken können, daß sie mit Freunden, ganz lässig, einen Videoabend veranstaltete. Noch eineinhalb Stunden.

Nette badete. Im Wasser sahen ihre Brüste gigantisch groß aus, Riesenboviste, rund, weiß, speckig vom Schaum, sie glänzten wie RTL-2-Brüste, und die Füße guckten, mit Papatz-Lack rotlackiert, am Rand hoch. In der Papatz-Wanne lag man fabelhaft und nicht nur in einer möglichen Position, wie im Sarg, nein, die Papatz-Wanne war rund, und es gab x mal x Möglichkeiten zu liegen. Alles stimmte. Es roch nach Rosen und Vanille, am Wannenrand stand eine kleine Kosmetikarmee: Flaschen, Tuben, Döschen, schnelltrocknender Nagellack in den Farben Hellrot, Dunkelrot und Rotbraun, Nagelfeile, Nagellotion, Gesichtsmaske, Algen-Shampoo, Haarspülung, Haarkur, Handcreme, Fußcreme, Körperlotion mit Collagen und Vanillearoma. Sie drehte Verschlüsse ab, dicke, runde Kapseln, schnappende Verriegelungen, sie planschte, betastete, roch, benutzte, verwarf, schüttete winzige, glänzende Perlen ins Wasser, sie lösten sich auf, das Wasser wurde ölig, gelblich, Nette war Kleopatra in goldfarbener Eselsmilch, sie ließ heißes Wasser einlaufen, es dampfte. Sie klopfte auf ihren Bauch, Unterwasserklopfen, Wasser spritzte, sie war dünner geworden, diätdünn. Zu Hause trickste sie, trug stundenlang einen einzigen Keks durch die Wohnung, und der Vater sagte, das Mädel kann alles essen, immer ißt sie gerade was, wenn man sie sieht, und sie bleibt doch mager wie eine Katze. Nette warf dann den Keks in den Müllschlucker, den Schauspieler-Keks, den Keksdarsteller, er hatte seine Schuldigkeit getan, vielen Dank und adieu. Ihre Eltern waren so blöd, daß es krachte.

Sie ließ weiter Wasser ein, noch mehr Wasser, immer mehr, die Schaumblasen wuchsen, sie zerstach sie mit den schmal gefeilten Nägeln. Sie frottierte sich, zog Frau Papatz' Bademantel an, aber nur kurz, ließ ihn dann langsam an ihrem Körper heruntergleiten, wie in der Werbung, lief ins Wohnzimmer, zur Sporttasche, Minirock, dünner Pullover, darüber ein großes Sweat-Shirt. Vor dem Fernseher arrangierte sie Trinkgläser, alles für Ulli, eigentlich, weniger für Marie, wohl kaum für Daniel. Alles für Ulli. Der Couchtisch sah, genau betrachtet, aus wie eine geöffnete Riesenzigarettenpackung, Nette wußte nicht, ob sie das jetzt idiotisch fand oder witzig, sie entschied, idiotisch. Sie sah sich um, keine weiteren Scherze in den Möbeln, aber es gab einen CD-Player, der die CD senkrecht abspielte, man konnte sich davor stellen und die rotierende Scheibe ansehen, wie Noten auf einem Notenständer, das war ihr vorher nicht aufgefallen, das war – witzig.

Sie setzte sich wieder an die Riesenzigarettenpackung, zu den Trinkgläsern, den hohen Gläsern, schnöseligen Gläsern, die das Kinn emporreckten. Da sie in der Mitte schmaler wurden, also einen Hals hatten, konnten die das, diese Gläser. Sie stellte sich vor, all das gehöre ihr, oder vielmehr ihr und Ulli, sie wohnten hier zu zweit, und die Mutter wäre, beispielsweise, dauernd auf Reisen, vielleicht mit einem reichen Freund, es wäre alles ganz anders, und es gäbe keine Modeboutique *Chez Monique*, dabei hieß Mama doch Monika, aber *Bei Monika* klang wie ein Beisl, sagte die Mutter. Ulli und sie brauchten dann gar nicht besonders viele Freunde, gar nicht besonders viel Besuch, eigentlich gar keinen, schließlich fühlten sie sich gemeinsam immer noch am wohlsten.

Nette roch an ihrem Unterarm. Sie roch gut, nach Vanille und Rosen.

Sie spielte mit der Fernbedienung, schwarz, mit von innen beleuchteten Knöpfen, willkommen in Österreich,

sagte einer in Trachtenhose, zapp, eine Familien-Wohn-
zimmerszene, zapp, Kochduell, zapp, Vierschanzentournee,
zapp, noch ein Skital, zapp, Mola, ihr Lieblingsmoderator,
mit einem Stoffraben im Gespräch, zapp, der greise Komi-
ker Dieter Hallervorden, wie konnten alte Menschen
komisch sein, sie waren doch traurig, zapp, Nette suchte
eine Reise- oder eine Tiersendung, so etwas wie Geysire in
Antofagasta oder die schöne Welt der Korallenriffe oder
Affen in Ruanda, aber sie fand nichts, zapp, Mola legte den
Stoffraben weg, Nette schaltete den Ton aus, sie sah die
Ärzte, der Sänger bewegte sich schön. Nette seufzte, lüm-
melte sich im Sessel.

Es klingelt, poltert im Treppenhaus, und dann stehen Marie und Daniel vor ihr, Marie im kurzen grünen Minikleid
aus Polyester und in braunen Stiefeln, sie sieht aus wie ein
Hirschkäfer, Daniel versteckt sich hinter der Chipstüte,
Nette guckt Daniel an und Daniel Nette, er zwinkert, Marie leckt sich ein Grinsen von den Lippen. »Wow«, sagt sie,
trampelt herein, »kann ich hier meinen Geburtstag
feiern?«

Nette sagt freundlich: »Vergiß es«.

»Was ist sie für eine?« fragt Marie, reißt die schimmernden Augendeckel auf, Nette sagt: »Vorsitzende von so
einem Kunstverein«. Sie zeigt die Wohnung, die Stereo-
anlage, die Riesenzigarettenpackung, das Badezimmer, den
Innenspiegel des Kühlschranks, den Inhalt der Bar, das

völlig kahle Schlafzimmer, es gibt dort nur eine Art Gesteck am Boden, ein japanisches Blumenarrangement, und die flache, viereckige Matratze in der Mitte. »Gefällt mir jetzt nicht so«, sagt Marie und sieht stumpfsinnig aus, Nette erinnert sich an Ferien auf dem Bauernhof, die Kühe haben genauso in die Luft geschaut.

Nette führt vor, daß man Martin hochheben und in die Ecke stellen kann, und er bewegt sich stundenlang nicht. Marie findet: »Oh Gott wie süß«, Martin glotzt, Daniel sagt auffordernd: »Miez?«, Nette entschuldigt sich: »Er sagt nix, er ist mehr wie ein Gegenstand.« Daniel nickt, schaut sie an, als merke er sich das jetzt ganz genau, als habe sie etwas Bemerkenswertes gesagt. Er läuft seltsam aufgekratzt durch die Wohnung, vor der Bar bleibt er stehen, Marie kommt dazu: »Ooh, ja, laßt uns etwas trinken? Hast du Orangensaft, wir trinken Campari Orange.«

»Das vierte Glas, für wen ist das?« fragt sie dann.

»Für Ulli«, sagt Nette.

»Du spinnst doch mit deinem Bruder.«

Nette schweigt, Marie tut es leid, sie kommt auf sie zu, nimmt sie in den Arm, Marie ist eine, die immerzu jemanden berühren muß, sie hat einen feinen Schweißfilm auf der Haut, riecht nach Mottenkugeln und ein bißchen nach Zimt, ähnlich Weihnachtsgebäck. Nette erinnert sich, wie sie ihr einmal zugeflüstert hat, spürst du auch manchmal so eine Hitze, so in Schüben, daß dich alles völlig juckt im Körper und du würdest am liebsten sterben, und Nette hat gedehnt geantwortet: »Ja – aber selten«, jetzt fällt es ihr wieder ein, wieso nur, dummer Gedanke, sie läßt die dicke Marie abrupt los, sieht in Daniels blasses Gesicht, wie ein kleiner Bruder steht er da, sagt nicht viel, lächelt verlegen, jünger als fünfzehn sieht er aus, höchstens wie dreizehn, und außerdem wie ein Mädchen, eigentlich symphatisch.

Mit den hohen Gläsern, in denen es blutrot und orangefarben glänzt, schwappt, schillert, legen sie sich bäuchlings auf den Teppich, das ist am bequemsten, Daniel steckt das Video in den schwarzen Schlund, es knackt, die Kassette läuft, Daniel spult zum Anfang: »Werbung will doch keiner, oder?« Aufgeregte Musik, vielversprechende Töne, ansteigend, dann in dicken, selbstbewußten Lettern: »Sieben«, Nette sagt: »Was für ein Titel«, Daniel, der den Text auf der Plastikhülle studiert, murmelt: »Es geht um die sieben Todsünden, scheint es.« Marie, aufgeregt, fragt: »Welche sind das, die sieben Todsünden?«, und Daniel zählt auf: »Haß, Neid, Eifersucht, Gier«, weiter kommt er nicht. »Mord natürlich«, sagt Marie. »Stehlen«, ergänzt Nette, aber eine fehlt. »Welche kann das sein«, fragt Marie, »welche bloß?«

»Sex?« schlägt Daniel vor, Marie prustet los: »Schwachsinn«.

»Ruhe«, sagt Nette, »es fängt an«, Seitenblick zu Daniel, leichte Röte steht in seinem Gesicht, er nähert es dem Glas, rotes Gesicht, rote Haut, rote Flüssigkeit, Scham und noch etwas, Nette fühlt sich auf einmal verantwortlich für

Daniel, er tut ihr leid, und überhaupt, ist sie nicht die Hausherrin?

Dann Stille, alles vergessen, drei Augenpaare suchen den Mörder im schwarzen Fernsehkasten, Marie wackelt aufgeregt mit den Nylonbeinen, sie sieht aus wie eine in Plastik gepackte Wurst, und sie schüttet Unmengen Campari in sich hinein, Nette nippt zwar nur, glaubt aber, auch röter zu werden, ihre Zunge wird dicker, der Alkohol macht sich aufdringlich in ihrem Kopf breit, eine dicke, wattige Substanz, die ihre Wahrnehmungen abdämpft, so daß sie ihre eigene Kontur nicht mehr spürt, breiig wird, den Teppich angenehm warm unter sich fühlt, aber da ist noch ein Gefühl, unangenehm, ein Pochen. Marie sagt, die Chipstüte aufreißend, knisternd, kauend: »Der Kommissar ist scharf.«

»Ruhe, endlich«, zischt Nette, ihre Stimme hört sich schrill an, sie steht auf, setzt sich auf das Sofa, nippt am Glas, sie sieht Marie zu, mampfende Marie, Mümmelkaninchen, Nette schaut auf die Chips, lange, frißt sich mit den Augen in die Tüte, läßt ihre Augen einige Chips in den Bauch transportieren, Transportaugen für die gelben, fettig glänzenden, rotbestäubten Kartoffelscheiben. Aber dann kommt, zum Glück, doch noch die Ablenkung durch den Film, erster Mord, zweiter Mord, das zweite Mordopfer ist ein gigantisch dicker Mann, er ist erstickt, in Nudeln erstickt, der Mörder hat, mit Blut oder Ketchup, »Gier« an die Wand geschrieben. »Nein«, flüstert Nette.

»Nein, ist das ekelhaft.« Marie hört auf zu essen, sie starren auf den Bildschirm. Daniel sagt: »Der Mörder hat einen religiösen Tick, er bestraft alle für ihre Todsünden, das ist es nämlich.« Nette findet: »Wenn er ihn am Leben gelassen hätte, wäre das Strafe genug gewesen«, da klingelt das Telefon.

»Mist«, sagt Nette, aber das ist gespielt, denn das muß Ulli sein, und Marie rennt an ihr vorbei, zur Toilette, vielleicht will sie mithören. Nette steht vor dem Badezimmer, sie hört es plätschern, igitt, aber am anderen Ende der Leitung ist Ulli, und Ullis Stimme ist das Glück.

Ulli sagt: »Paß mal auf, meine Kleine, sei nicht böse, aber ich komme später, ich bringe Tanja noch nach Hause, es dauert vielleicht etwas länger, ich melde mich noch mal.« Seine Stimme vibriert, Nette hört die Ansammlung von Auslassungszeichen mit und undeutlich im Hintergrund Rauschen und Scharren, vermutlich ist es eine Telefonzelle in der Innenstadt, vielleicht eine der rosagrauen Kabinen vor dem Multiplexkino, im Multiplexkino sind sie auch schon zusammen gewesen, noch gar nicht lange her das letzte Mal, Nette fühlt die Enttäuschung.

Marie drückt sich an ihr vorbei, Nette sagt mit hoher Stimme: »Ja, dann viel Spaß«, und knallt den Hörer auf. Im Wohnzimmer liegt Marie wieder auf dem Boden, den Vorderbau auf den Teppich geknautscht, still, gebannt, keine Frage, wer es gewesen ist, eben bei Nette am Telefon, nur die Frage nach dem Mörder.

Der Film vor ihr wird immer schneller, aber Nette ist draußen, Nette ist es piepegal, was im Film los ist, sie stellte sich Ulli vor, Ulli, wie er dieses Mädchen küßt, das Tanja heißt.

Der Kommissar bekommt den abgesägten Kopf seiner Geliebten per Post zugesandt, Nette steht auf, wankt, schafft es ins Badezimmer, und dann hält sie sich am Rand des Waschbeckens fest, all der Campari und all ihre Liebe zu Ulli verwandeln sich in einen blutroten Schwall und landen im Becken. Danach putzt sie sich die Zähne, und es geht ihr besser.

Der Videorecorder im Wohnzimmer surrt, Daniel hat sich hingekniet, spult zurück, Marie lacht: »Darauf trinken wir noch was, alles muß probiert werden«, Nette denkt, Tatsache, ihre Dummheit wächst noch. Aber Daniel: eigentlich in Ordnung. Was er wohl reden würde, wenn er manchmal was sagte?

Jetzt sagt er: »Der Schluß war nicht schlecht«, er spricht langsam und bedächtig, »mir hat gefallen, daß auch die Schuld des Kommissars bestraft wird.« Marie zuckt mit den Achseln: »Jeder hat doch immer irgendwie schuld.« Sie sitzen herum, in dieser merkwürdigen, tastenden Stimmung, die sich nach Filmen breitmacht unter denen, die immer noch in der Zuschauerrolle sind, festgeklemmt, festgesessen, und das, obwohl es jetzt nichts mehr zu sehen gibt.

Und dann ist Marie schon wieder an der Bar, sie klebt wie eine Fliege an den süßen Getränken, riecht an den

Flüssigkeiten in den Karaffen, Goldbraun, Kastanie, Nette sagt: »Sieht aus wie Haarfärbemittel«, Marie schnauft laut, dann ist er da, der Gedanke: »Wenn wir zwei Fingerbreit unter die Abstände von vorher trinken, dann ist das Gesamtbild gleich, nur etwas abgesunken.«

»Macht ruhig, nur zu, ich kann nicht mehr«, erwidert Nette.

Daniel blickt sie fest an: »Ich auch nicht.«

Marie trinkt, erzählt zwischen kleinen, schnappenden Schlucken von einer Freundin, die Ladendiebstähle macht, keiner hört richtig zu, Daniel sagt, mit Blick auf Nette: »Find ich nicht in Ordnung«, Nette denkt, sobald Ulli kommt, gehen sie, sieht auf ihre Armbanduhr, die Zeiger rücken Richtung halb zwölf, und dann klingelt wieder das Telefon.

»Ulli!«, Nette freut sich, sie hört die samtige Ullistimme: »Leider, ich komme richtig spät, ich sitze hier noch mit ...«

Nette legt langsam den Hörer auf den Apparat, legt ihn dann daneben, er soll nicht mehr anrufen und so fröhlich klingen, er soll im Pfefferland bleiben, im Pfefferteufelland, soll sich schwarz verfärben und schrumpeln.

Sie geht an Daniel und Marie vorbei, schaut hinaus; im dunklen Quadrat des Fensters sind die Zickzack-Eisenlinien kaum noch zu sehen, und es kommt ihr vor, als würde die Dunkelheit auch sie erreichen, verschlucken, und sie würde grau, von den Haarwurzeln bis zu den Fingerspitzen.

»Ich gehe dann mal«, sagt Marie von hinten, »ihr Trauerklöße.« Nette sieht ihre kleine Ferkelnase in dem flachen, weichen Gesicht liegen und lächelt nicht zurück, sondern sagt kurz, eigentlich nur, um Marie zu ärgern: »Daniel, bleibst du noch ein bißchen?«

Maries Lächeln wächst zum Grinsen, dämlich, die Grinsekatze aus dem Wunderland ist eine einzige Depression im Vergleich, daneben Daniel, Erdbeersahnegesicht, verlegen, cremig, mit rosa Lippen, weißer Haut, Nette überlegt, was Daniel alles nicht kann, zum Beispiel Fußballspielen oder beim Fernsehen laute, lustige Kommentare geben, vermutlich ist er auch nicht so gut im Volleyball wie Ulli, aber Nette will nicht grübeln, sie schneidet ihren Gedanken ab, denn ihr Gedanke verhakt sich, eine scharfe, häßliche Zickzacklinie im Gehirn; Daniel ist schön, kinderschön, im Gegensatz zu Ulli, der männerschön ist, es ist ihr jedenfalls immer so vorgekommen, obwohl, in Wirklichkeit, wenn man es genau bedenkt, ist Ulli gröber geworden in letzter Zeit, mit dieser neuen Stimme, tief, knarzend, eine Stimme, die mit jedem Satz einen Wohnzimmerschrank öffnet.

Daniel tappt ins Wohnzimmer. Nette folgt. Die Übelkeit ist vorbei, sie ist noch etwas betrunken, aber angenehm, sicherer jetzt, wo sich die Dinge so ordnen, wo ihr alles so klar wird, und das vermutlich nur deshalb, weil Ulli gerade mit einem Mädchen etwas erlebt, täte er das nicht, würde sie jetzt nicht mit Daniel hier sitzen, sondern irgendeine

Fernsehdokumentation ansehen, Ulli liebt Dokumenta-
tionen, Diane Fossey, oder Canasta oder Rommé spielen,
und sie wäre nie im Leben zum Nachdenken gekommen,
so wie jetzt.

Daniel sitzt auf den Ledersofa und hat Martin im Schoß.

»Wir können zusammen baden, aber du darfst mich
nicht anfassen«, sagt Nette, »und du darfst es keinem erzählen.«

Daniel hört auf, den Kater zu streicheln, er wartet einen
Moment, ob Nette noch etwas sagt, dann nimmt er den
Kater vom Schoß und setzt ihn auf dem Sessel ab, Martin
bleibt stehen. »Echt?« fragt Daniel, »Ja«, sagt Nette. Daniels Augen blinkern, das erinnert sie an Ulli, als er jünger
war, macht sie zuversichtlich, mutig. »Ich gehe vor.«

»Wartichkomme«, sagt Daniel, ein Stoßseufzer.

Nette steht im Bad, unschlüssig, sie sagt: »Ich lasse erst
mal Wasser ein«, dreht am Hahn, es dampft und rauscht,
sie zieht den Rock aus, das Häufchen Stoff liegt kümmerlich da, wie ein totes Tier, Grusel kriecht ihren Rücken
hoch, sie erinnert sich an den Videofilm. Daniel schaut in
die Badewanne, als handle es sich um einen tiefgründigen
See, aber dann wird er keck, fragt: »Ist was? Hast du es dir
anders überlegt?«, und sie schüttelt den Kopf, hat sie nicht,
zieht ihr Sweat-Shirt über die Schultern. Daniel legt seine
Armbanduhr ab, eine eckige Uhr, Nette guckt, ob sie Zeiger hat oder nicht, doch es ist eine Digitaluhr, ein häß-
licher kleiner Kasten mit neongrünen Ziffern, sie blinkt,

-99-

ein Marsmännchen, das sich mit ihr verschwören will, aber: kein Erfolg bei Nette. Mit vorsichtigen Fingern legt Daniel sie auf die Fliesen.

Es sind drei Stufen zur Wanne hoch, ein Walzerschritt vom Land ins Wasser, Nette ist das bisher nicht aufgefallen, erst jetzt, als es ihr weit vorkommt. Das Licht aus den beiden Strahlern um die runde Wanne herum ist zu grell, die Wanne scheint zu köcheln, wie in einem Film mit Kannibalen, einem Urwaldfilm mit schlechtem Ende, Nette kann es kaum glauben, daß sie eben noch in derselben Wanne gesessen und sich dabei wohl gefühlt hat. »Es ist hell«, sagt sie unsicher, ihre Stimme wackelt, als gehe sie auf Stelzen, laufe durch den Raum, ohne ihn auszufüllen, vorbei am Spiegel, der beschlagen ist vom Wasserdampf, schade, denn Nette hätte jetzt gerne hereingesehen, um sich zu vergewissern, daß sie immer noch so aussieht wie sonst, es scheint ihr plötzlich, als sei der Kopf viel größer als der Rest des Körpers. Nette starrt Daniels wächsernen Hals an und darauf die zwei häßlichen grünen Adern, die sich kreuzen, diese Badezimmernähe kennt sie bisher nur von Ulli, der immer auf dem Klodeckel sitzt, wenn sie duscht, der ihr zusieht und erzählt und fragt und mit ihr spricht, diese Badezimmergespräche sind immer die besten gewesen, nur seit kurzem ist Ulli schweigsamer geworden und die Abstände zwischen den Badezimmergesprächen haben sich vergrößert, wie auch sonst, und erst jetzt, wo sie mit Daniel an der Wanne steht, erst jetzt fällt ihr auf, daß sie eigentlich gar nicht weiß, wer Tanja ist. Ulli hat nur einmal von einer aus dem Volleyballtraining erzählt, die interessant sein sollte, vielleicht ist das Tanja, interessant, hat er gesagt. Interessant – Tanja.

Nette windet sich, schlängelt sich aus dem Unterhemd, sieht herunter auf ihre Brüste, die klein und unscheinbar aussehen, aber Daniel stockt, Daniel sagt, die Stimme belegt: »Du bist wunderschön«, und Nette spürt, wie sich alles in ihr warm anfühlt, Daniel ist ein kleiner Bruder, soll ihr kleiner Bruder sein, ungefährlich, anschmiegsam seine helle Haut.

Er bewegt sich plötzlich im Schnelldurchlauf, schon liegt die Jeans auf dem Boden, dann liegen die Socken daneben, und er sitzt in der Wanne. Er sagt: »Heiß, aber ich gewöhne mich dran, ich fühl mich wie ein abgekochter Fisch.«

Nette steht im Slip da, sie schämt sich für die rosa Spitzenborten, es ist richtige Kinderunterwäsche, und sieht Daniel zufrieden in der Wanne plätschern, grün leuchten die Kacheln, sie deutet auf eine Dose am Rand, »wenn du die Silberkügelchen reinwirfst, dann riecht das toll«, und er spielt mit den Silberkügelchen, läßt sie über seinen Finger und den Unterarm rollen, seine Nase ist ein bißchen rot, nein, ziemlich rot, aber Nette ekelt sich nicht, als sie sich schnell ganz auszieht und ins Wasser kommt, ihre Beine berühren sich, dabei ekelt sie sich dann doch, ein bißchen zumindest, vielleicht, weil er so fremd ist. Aber Daniel strahlt glücklich, sein Hals ragt zur Hälfte aus dem Wasser, wie bei ihrer alten Gummiente, und sie lacht und plätschert, plätschert und lacht, bis Daniel reden will, auf einmal, er, der so selten etwas sagt, er fragt: »Da bei der Party, neulich, im Industriehof, wo warst du da eigentlich?«, und Nette sagt: »Konnte nicht, Ulli hat mir Schach beigebracht«, und dann sind sie verlegen, und Nette macht Wellen im Wasser, läßt Schaumblasen zerplatzen, Daniel fragt: »Ist es nicht komisch, man ist irgendwo, wo man noch nie gewesen ist, und fühlt sich, als würde man genau da hingehören?«

Nette sieht ihn verwundert an, was redet er immer noch, er soll schweigen, aber er will nicht aufhören.

»Hattest du schon mal einen Freund?«

Nette schüttelt den Kopf. Sie denkt an einen Zungenkuß, aber von einem *Freund* in dem Sinn, den Daniel meint, war er nicht.

»Nein«, wiederholt sie, wütend.

Sie hat schöne blitzendweiße Zähne und riecht nach Pfefferminz, von der Zahnpasta, sie ist sauber, sie ist nicht wie Marie, Marie kann ihre Zunge herumreichen wie früher ihr Poesiealbum, bitte schön, Nette tut das nicht, sie ist wählerisch, alles bleibt in der Familie, wieso bringt Daniel sie auf solche Gedanken, Ulli bringt sie immer nur zum Lachen.

Sie sieht an sich herunter, die Linien des Schlüsselbeins, Rippen, die Brüste mit deutlichen, braunen Brustwarzen, und sie hört Daniel sagen: »Du mußt mehr essen, du bist eine echte Spaghetti«, es ist, als sei er ihrem Blick gefolgt, als habe er sich ihren Blick angeeignet, ein Räuber, der den Sack über ein Huhn stülpt.

»Was soll das denn jetzt?« fragt Nette, und Daniel erwidert, vorsichtiger: »Ich meine ja nur, sonst fällst du irgendwann um.«

Nette lächelt, lacht dann schrill: »Du bist komisch.«

»Nein, du.«

Nette will jetzt nicht mehr, sie erhebt sich, glänzend, seifig, steigt aus der Wanne, aus der Szene – aus die Maus. Daniel hat seine Chance gehabt. Sie sagt: »Ich friere, weißt du«, und wackelt mit den Schultern, er lacht nicht, die Enttäuschung steht ihm im Gesicht wie ein plötzlicher Ausschlag. »Ich habe auch noch nie eine Freundin gehabt«, Nette unterbricht ihn: »Ist schon okay«, er fragt: »Warst du schon mal verliebt?« Nette frottiert sich, zieht den Bademantel über, er hört nicht auf zu reden, sie anzubaggern mit seinen Sprüchen, wie ein Specht, der immer wieder an derselben Stelle auf den Stamm klopft, pick, pick, pick kommen seine Worte.

Nette sagt: »Ich lege dir hier ein Handtuch hin.« Sie legt ein Laken an die zweite Stufe, obwohl man das, eigentlich, nur innerhalb der Familie tut, sich das Badelaken herauslegen, aber wenn er dadurch schneller geht, bitte.

»Und was machen wir jetzt?« Nette, erschöpft, erwidert: »Wenn du willst, kannst du noch hierbliben und mit mir fernsehen.«

Sie geht hinaus, leicht, federnd.

Sie legt sich aufs Ledersofa, liegt weich und gut, verschmilzt mit dem Sofa, ihre hellen Arme strecken sich auf dem Leder, sie schimmert, ein Luxuskörper, viel zu gut für Daniel, viel zu gut für jemanden so völlig Fremdes. Sie schaltet den Fernseher an, sieht schläfrig, wie sich Daniel auf den Sessel setzt, unendlich müde, anscheinend, so gähnen sonst nur Tiger. Aber er geht nicht.

Die Klingel weckt sie, sie findet nicht gleich die Orientierung, schaut sich um, Daniel, mickrig, mit eingefallenen Schultern, sitzt immer noch da, Gott, ist das ein klebriges Wesen, wie gut, daß er sie nicht küssen durfte, vermutlich hätte er seine Zunge einfach in ihr kleben lassen, Pattexzunge.

Sie läuft zur Tür, es ist Ulli, und er sieht gräßlich aus, grau und übernächtigt. Er betrachtet das Comicbild im Flur, Nette ist sich sicher, daß er dabei überlegt, ob das nun witzig oder idiotisch ist, und sie weiß, er würde entscheiden: witzig. Sie kann ihm nicht mehr böse sein, sie streckt sich zu ihm, nimmt ihm den Schal ab, schwarze Wolle voller Schneeflocken, schwarzweiß, wie Tag und Nacht, Karos und Linien, Schwester und Bruder, Warten und Ankommen. Ulli läuft an ihr vorbei, ins Wohnzimmer, murmelt: »Nicht schlecht, der Papatzsche Standard«.

»Ja«, sagt Nette stolz, und dann erst bemerkt Ulli, daß sich in der dunklen Fernsehecke noch jemand aus dem Sessel erhebt.

»Wer ist das denn?« fragt er, und Nette kann nicht ausmachen, was sie da in seiner Stimme mitschwingen hört, Wut ist es nicht, eher Belustigung, dabei kann er das doch nicht lustig finden, eigentlich nicht, aber was macht sie sich Sorgen, Hauptsache, er ist da.

Daniel ist angezogen, Nette im Bademantel, Ulli will wissen: »Was war denn hier los?«, und Daniel, kleinlaut, antwortet: »Nichts, äh, sie hat gebadet«, dabei guckt er von Nette zu Ulli und von Ulli zu Nette, kein Klebstoffblick mehr, nur Unsicherheit, Nette findet sein dummes kleines Gesicht zum Totlachen, sie legt Ulli den Arm um die Taille und lehnt den Kopf an ihn. Ulli riecht nach Kälte und Schnee, dazu ihre Vanille, jetzt ist alles perfekt.

Aber Ulli schüttelt ihren Arm ab, er lächelt, tatscht Daniel auf die Schulter, sagt: »He, Kumpel«, und Daniel ist erst verdutzt, dann erfreut, Nette begreift nicht, Ulli soll ihn wegschicken, was macht er denn da, aber Ulli ist nicht eifersüchtig, kein bißchen, er sagt: »Klasse, wirklich klasse hier«, strahlt Daniel noch an, und dann rennt er ans Fenster, an Nettes Rauch- und Wartefenster, Nette hat ihm die Zickzacklinien zeigen wollen, eigentlich, Ulli mag solche Himmelsmuster, und bei genauem Hinsehen hätte er sie auch im Dunkeln erkennen können, aber Ulli achtet nicht drauf, reißt das Fenster auf und ruft: »Tanja, du kannst hochkommen!«

Puppenwelt

Bis auf einen Tisch, einen Stuhl und einen alten Wäscheständer war der Dachboden leer. Die Wintersonne, die durch das Dachfenster fiel, gab zwar keine Wärme ab, aber sie warf ein schmales Dreieck aus Licht auf den Boden, über dem in blättrigen Flocken der Staub flirrte. Es sah irreal aus, zeitlos, als könne man von dort aus in eine andere Dimension übertreten. Jakob stellte sich an eine Ecke des Dreiecks wie an einen Kommandoplatz und berührte mit den Händen den leeren Tisch vor sich, hier würde er arbeiten können.

Er stieg die Treppe wieder hinunter, ging ins Wohnzimmer, wo ihm die Katze um die Beine strich. Er nahm einen Schluck aus seiner Bierflasche, beugte sich über das Foto, sah es lange an. Das Puppenhaus darauf war tatsächlich bis in Details hinein zu erkennen. Er holte Papier und Bleistift, die Liste wurde lang. Er schrieb »Lampe«, hielt inne: »Tapete«, »Farbe«, »Holz«, »Glas«, »Schreibtisch«, »Wohnzimmergarnitur«, »Betten«. Es war ein ziemliches Durcheinander, seine Liste. Er würde all das ordnen und in Arbeitsschritte gliedern müssen, »Nägel«, »Leim«, »Teppich«, »Lack«, er überlegte: eine Bauanleitung, natürlich mußte es auch eine Bauanleitung geben für einen solchen Fall, »Puppenhäuser selber bauen« oder so etwas. Wieder bemerkte er, wie sehr er die Dinge im Zustand des Plans liebte. Wie er sich in jede Planung fallenlassen konnte wie in einen tiefen See. Auch in diese, obwohl er eigentlich nur aus einer Laune heraus zugesagt hatte, seiner Nichte zu Weihnachten dieses Puppenhaus zu bauen, mehr oder weniger aus Überraschung, weil seine Schwester ihn sonst nie um etwas bat, und er hatte es sofort bereut, er hatte sowieso wenig Zeit. Aber inzwischen verhielt sich das anders, inzwischen hatte ihn Mona verlassen, und er saß nur herum. Als er an diesem Morgen das Foto in der Post gefunden hatte und den Zettel, »Mit tausend Dank und tausend Küsse im voraus für die Mühe, Deine Saskia«, da war er froh um die Küsse und um seine Aufgabe. Noch dazu hatte er Urlaub genommen. Eigentlich hatten sie ja in die Ferien fahren wollen.

Lange besah er sich das Foto. Saskia, seine Schwester, wünschte sich für Annika ein Haus, das jenem ähnelte, das sie selbst früher besessen hatte. Sie hatte dieses Bild von ihrem Puppenhaus mit der Kinderkamera aufgenommen, das stand auch in ihrer Notiz, aber es war nicht nur das Puppenhaus darauf, sondern hinten im Raum stand ein fremdes Mädchen, ein Mädchen im Alter von vielleicht fünf. Es mußte eine Freundin von Saskia sein. Sie war nur verschwommen zu erkennen. Im Vordergrund war das Bild schärfer. Ja, es mußte eine Spielkameradin von Saskia sein, dieses stupsnasige Kind mit dem nach allen Richtungen hin abstehenden, auf höchstens zwei Zentimeter Länge zurechtgestutzten Blondschopf, der nach außen ins Weiße überging und dann direkt in den Hintergrund; es wirkte gerade so, als hätten die Haare ihre Wurzeln nicht in der Kopfhaut, sondern am entgegengesetzten Ende, im Raum. Was Jakob am meisten beeindruckte, war jedoch der Blick, ein alles sezierender, unruhiger Blick, er schien weder auf die kindliche Fotografin gerichtet noch überhaupt aus einer Kinderwelt zu stammen, er glitt an allem vorüber, als seien das Spielzimmer und die Freundin nur eine geschickte Täuschung. Als gebe es viel bedeutendere innere Bilder, in die Netzhaut tätowiert, die es zu betrachten habe.

Nur schwer riß er seinen Blick von dem Mädchen los. Das Puppenhaus daneben konnte man genau erkennen, jede Einzelheit, sogar die kleine Lampe im Wohnzimmer. Saskia hatte recht, an dieser Aufnahme konnte er sich orientieren. Er schaute von dem Foto hoch und sah sich um, das Zimmer wirkte unendlich leer im Vergleich zu dem Bild, er fröstelte, hörte noch ihre Stimme, wie sie sich verabschiedete, mechanisch, kühl, »das ist endgültig«, so etwas hatte sie noch nie gesagt, trotz vieler Streits nicht, das war kein Mona-Satz. Und fortgerannt war sie noch nie, auch nicht im Streit. Ihr Haar wehte als dunkler Schleier hinter ihr her: Er sah das vor sich.

Er zählte die Tage nicht mehr, die Mona weg war. Er verkroch sich in seine neue Beschäftigung wie in ein Zeitloch. Auf dem Dachboden, im Dreieck aus Licht und Staub, hielt er sich gern auf; der Geruch nach Sägemehl und Leim ließ ihn an die Stunden im Werkunterricht denken. Er zog mit Hilfe eines Lineals feine Bleistiftstriche auf Sperrholz, die großen Platten hatte er sich zuschneiden lassen, die Feinarbeit machte er selbst, im Maßstab 1:12 lag die Geschoßhöhe zwischen 220 und 250 Millimetern, er setzte Geschoß für Geschoß zusammen und leimte es dann aufeinander. Seine Hände kamen ihm größer vor als sonst, geschickter. Sägen. Feilen. Kleben. Messen. Er trank Bier oder Wein oder Whiskey und dachte an nichts, an den ersten beiden Tagen hörte er Radio und spielte mit dem Gedanken, den Fernseher hochzuholen, aber dann merkte er, daß er Ruhe brauchte, nicht um nachzudenken, einfach nur Ruhe. Die Tage flossen ineinander, draußen wurde es spät hell und früh dunkel, ein Wintertag reihte sich an den nächsten, drinnen, an seinem Schreibtisch, ergänzte er den Rohbau des Puppenhauses um Treppen, Tapeten und Parkett, er überlegte, wie er das Haus aufteilen sollte. Neben einem Wohnzimmer plante er einen Salon für Parties, ein Elternschlafzimmer, ein Kinderzimmer, Bad, Küche und auch ein Musikzimmer. Er fühlte sich wie damals, als er an Grippe erkrankt war, ein lustvolles Gefühl der Ohnmacht war das.

Er ging morgens nach dem Frühstück spazieren, kehrte heim mit einer Flasche Wein, einem halben Huhn und

Brot und was er für den Tag sonst noch brauchte, es war nicht viel und wurde von Tag zu Tag weniger. Beim Frühstück las er die Zeitung und hörte Radio, einmal schaltete er zufällig in eine Sendung über ein Spielzeugmuseum. Er erfuhr, daß eines der Prunkstücke der Sammlung das Puppenhaus aus dem Besitz des englischen Königskindes Mary war, es stammte aus den zwanziger Jahren des vorigen Jahrhunderts. Dieses gigantische Puppenhaus bilde, so sagte die Reporterin, den gesamten Hofstaat der Königin originalgetreu ab, es gebe sogar fließendes Wasser, und der Rolls-Royce könne richtig fahren. Er fragte sich, ob aus diesem Königskind Mary eigentlich ein glücklicher Mensch geworden war, und aus irgendeinem Grund glaubte er, daß es so war. Sein Ehrgeiz war geweckt, obwohl er soviel Aufwand für seine Nichte natürlich nicht treiben mußte, es sollte nur heimelig sein, ihr Puppenhaus. Sie soll spielerisch die Welt der Erwachsenen nachahmen, hatte Saskia gesagt. Er fand auch, daß Annika noch früh genug merken würde, wie kalt Häuser in Wirklichkeit waren.

Abends ging er oft ins Kino, er sah die Blockbuster, auch das lenkte ihn ab. Schlimm war nur, danach allein nach Hause zu kommen. Er ging durch den Flur, als schleiche er durch eine geöffnete Zange: links die surrealistische Zeichnung von M.A.I., mit Tieren, die ihn aus einem paradiesischen Wald heraus fixierten, rechts die ernst dreinblickende Indianermadonna, die Mona so ähnlich sah. Nicht einmal der Griff zum Lichtschalter war noch selbstverständlich. Er blieb bis spätnachts wach, befühlte die Sachen, die sie erst neulich noch in der Hand gehabt hatte, glättete den Knick in der Fernsehzeitung, schüttelte die angebrochene Packung Cornflakes. Er konnte sich nicht aufraffen, irgend etwas wegzuwerfen. Lief herum, bis er todmüde ins Bett fiel. Gut, daß er diese Arbeit auf dem Dachboden hatte, sie hatte mit alldem nichts, aber auch gar nichts zu tun. So ein Kind stellte sich die Erwachsenenwelt ja wunderbar vor.

Er hämmerte die Nägel für die Bodenplatte im Abstand von einem Zentimeter zur Außenkante in den Treppenhausrohling. Einmal glaubte er, ein Geräusch zu bemerken und stieg eilig herunter, vielleicht war sie zurückgekommen und streifte gerade ihre Schuhe ab. Er lauschte: niemand.

Er hörte den Schmerz – als einen weit entfernten Ton, ein Knirschen und Prasseln. Er nahm die halbe Flasche Rotwein, trank einen Schluck, stieg dann wieder die Stufen der Wendeltreppe hoch, er wollte an diesem Abend noch die äußere Seitentreppe des Hauses zusammenkleben, dann war sie am nächsten Tag trocken und stabil.

Als Saskia anrief, klang ihre Stimme wie aus einer anderen Welt: »Wie geht es dir? – Erholt, wie meinst du das, geht es dir besser? Soll ich vorbeikommen? – Aber Jakob, ich höre doch. Sag mal, hast du getrunken? Ich besuche dich.«

»Nein«, sagte er so laut, daß er das Knirschen übertönte,

»ich bin noch zu einem Bier verabredet.« Sie schwieg. Er hatte schlecht gelogen.

»Ich rufe dich jeden Abend an ...«

»Mach dir keine Sorgen, wenn ich nicht drangehe. Dann muß ich allein sein.«

In der zweiten Woche erschien das Kind. Es stand in der dunklen äußersten Ecke des Dachbodens, ging dann einen Schritt in die Wintersonne, geradewegs auf Jakob zu. Es trat aus dem braunstichigen, flachen Hintergrund. Es war leicht zu erkennen, daß es sich um das Kind auf dem Foto handelte, es hatte diesen ruhelosen, fieberhaften Blick, der an Jakob vorüberging, gerade so, als sei sein Gesicht nichts als Dunst oder eine Spiegelung. »Hallo«, sagte Jakob. Er starrte hin, bis seine Augen an den Rändern brannten. Der Umriß des Körpers oszillierte weißlich. Sofort veranlaßte ihn die unscharfe Silhouette zu der Sorge, es könne gleich wieder verschwinden. Er mußte etwas tun, etwas sagen, zumindest etwas denken, etwas, das es hier hielt. Aber dann, auf einmal, trat es einen Schritt zurück, mit der Selbstverständlichkeit eines Gastes, der sich verabschiedet. Jakob wollte die Hand heben, konnte aber nicht.

Ihm kam es so vor, als habe er einen Schweißausbruch gehabt, sein Hemd war feucht. Aber er konnte sich wieder problemlos bewegen, er riß das Fenster auf und bemerkte, wie stark es im Zimmer nach Lack roch. Er registrierte, daß er sich vor allem an die großen blauen Augen des Kindes erinnern konnte, die von einem Kranz blonder Wimpern umgeben gewesen waren, er starrte den nun wieder leeren Winkel des Raumes an, ihm war etwas übel, er ging ein paar Schritte, rauchte, dann, langsam, mit dem Abschwellen dieser erdhaften, unschönen, gewöhnlichen Übelkeit wurde ihm klar, daß dieses Kind als eine durch die Dämpfe ausgelöste, plastische Erinnerung hinzunehmen, daß er vermutlich das Opfer seiner eigenen Farbdosen geworden war. Was für ein eigenartiges Konzept seiner Sinne, ausgerechnet so ein Kind auszuspucken, und obwohl er von der Täuschung wußte, wünschte er sich einen neuen Besuch.

Am nächsten Morgen fühlte Jakob sich erfrischt wie nie, seit Mona gegangen war.

Er beschloß, das Haus für Einkäufe zu verlassen, in absehbarer Zeit mußte er die Puppenstube ja auch einrichten. Das Auto war mit einer Schicht aus dünnem Eis bedeckt, er kratzte sie an den Fenstern ab, seine Schritte zerbrachen die Schneefläche, er atmete Winterluft, die metallisch schmeckte, wie ein Medikament, und so kalt war, daß sie Mund und Nase betäubte. Er fuhr langsam, vierzig Stundenkilometer, durch die Siedlung und dann in der Stadt kaum schneller, er war in redseliger Stimmung, unterhielt sich mit dem Kind, erzählte, daß er sich das Elternschlafzimmer kobaltblau vorstellte, das Kinderzimmer sonnengelb, im Treppenhaus würde er winzige, fröhliche Gemälde aufhängen, Landschaftsmalerei. Falls es so etwas zu kaufen gab. Als er sich durch den Trubel der Halle bewegte, spürte er den Lärm nicht und nicht das Gedränge, es war, als liefen er und das Kind auf einer weiten leeren Fläche nebeneinanderher. Er war zwar zu abgelenkt, um weiter vor sich hin zu erzählen, hoffte aber, das Gefühl, nicht allein zu sein, bliebe bestehen. Und tatsächlich, zwischen den vielen Vätern und Müttern in der überfüllten, rot und gold schimmernden Spielzeugabteilung fühlte er sich mindestens genausosehr als Vater wie die andern, mit sicherer Hand packte er ein, Öfen, Blumenvasen, Sekretär, Betten, Teppiche, Zimmerpflanzen, sogar Bücher und Toaster gab es im Miniaturformat, er hakte sorgfältig seine Liste ab, fand viel mehr, als darauf stand. Nur als es darum ging, eine Puppenfamilie auszuwählen, konnte er sich nicht entscheiden, »was meinst du?« fragte er halblaut. Weil es still blieb, wählte er eine vierköpfige Familie ohne Großeltern, in der alle schwarze Haare und große, graue oder blaue Augen hatten und zu der ein Hund gehörte. Den letzten Ausschlag gaben die Namen des Mannes und der Frau, die auf kleinen Schildchen befestigt waren, Nora und Aron, er mochte diesen Gleichklang, seltsam symbiotische Namen waren das. Die Puppen wurden einzeln in Papier gewickelt und in einen Karton gelegt. Er lächelte beim Bezahlen. »Wie findest du die Namen Nora und Aron?« fragte er das Kind, während er mit der Rolltreppe zurück ins Untergeschoß fuhren, wo die Parkhausübergänge waren.

Am Gebührenautomat sprach ihn eine Frau an: »Jakob!« Er suchte zuerst in seinem Kopf nach ihr, dann stellte er fest, daß sie vor ihm stand. Es war seine ehemalige Studienkollegin Sara Bennert, eines von fünf Mädchen in den Ingenieurskursen; sie hatte dann einen Kommilitonen kennengelernt und war mit ihm zusammengezogen, das Studium hatte sie zwar noch beendet, aber nie den Beruf ausgeübt. Sie kannten sich flüchtig und plauderten bei Begegnungen Belangloses, aber jetzt hatte er keine Lust: »Sara, entschuldige, ich hab's eilig. Wir können ja mal telefonieren.«

»Du siehst – übermüdet aus ...«

»Mona und ich haben uns getrennt.«

»Das tut mir leid... du wohnst aber noch in eurem Haus? Du mußt da raus, alles ändern«, sagte sie mit dem Gesicht einer Unglücksfee, die sich auf Trennungen spezialisiert hat: nicht häßlich, aber viel zu sachlich. Ihre Lippen waren groß und rot, ihre Haarfarbe wie helles Holz, sie war das genaue Gegenteil von Mona und überhaupt nicht sein Typ. Ich werde nicht ausziehen, dachte er. Es ist schließlich *mein* Haus.

Sobald er sie verabschiedet hatte, vergaß er die Begegnung. Am Steuer wurden ihm die Hände kalt, er konnte kaum den Zündschlüssel drehen, gierig zog er an einer Zigarette, die Lichter zerflossen vor seinen müden Augen. Während er zu Hause starken Kaffee kochte, erzählte er dem Kind, wie Mona und er sich kennengelernt hatten, wie jung sie gewesen war, daß sie genau seinen Vorstellungen entsprochen hatte, dann, zwischen den Schlucken, wie sie hier eingezogen waren und von dieser Entfremdung, die zwischen Liebenden manchmal eintritt und manchmal nicht, »hier ist sie eingetreten, weißt du«. Er schwitzte, vielleicht war sein Frieren im Auto das Anzeichen einer Grippe gewesen. Später badete er heiß. Als er sich wieder anzog, bemerkte er, daß seine Haut sich verändert hatte, lappig hing sie am Bauch und an den Schenkeln über den Knochen, wieviel man in einem knappen Monat abnehmen konnte, er war erstaunt.

Tagelang verließ er das Haus nicht mehr, aß, was noch in der Speisekammer und im Eisfach stand, er nahm ständig neue Teller und Gläser aus dem Schrank, sie besaßen ja unerträglich viel Kram, stellte er fest. Manchmal war er noch überrascht, wie viele Anrufe kamen, dabei hatte der Schauplatz sich doch längst verlagert. Aber das konnten all diese Leute natürlich nicht wissen.

Seit er das Gespräch mit dem Kind begonnen hatte oder vielmehr diesen an seine Adresse gerichteten Monolog, riß er nicht mehr ab. Jakob hätte nie gedacht, wieviel er zu berichten hatte, sogar von seiner Kindheit erzählte er jetzt, er, der doch nie viel gehalten hatte von dieser Folge hoffnungslos sentimentaler Lügen, die andere in den Raum stellten und ihre Kindheit nannten.

Sein Körper begann über Nacht, Krieg und Frieden mit ihm zu spielen. Er hätte schwören können, alles rutsche in ihm umher, versuche, sich neu zu formieren, ohne daß es gelang.

In den Kriegsphasen war er wie gelähmt, verbrachte den halben Tag im Bett, um dann aufzustehen und absurde Zeremonien des Abschieds auszuführen. Er sammelte die Dinge, die noch von ihr herumlagen, in Kartons und trug sie in den Keller und vom Keller wieder nach oben, er zerschnipselte Fotos und klebte sie wieder zusammen, leckte seine Finger und streichelte sich, er ließ sein lächerlich weiches, schlaffes Glied wachsen, während er die Augen geschlossen hielt und sich Mona vorstellte, zum ersten Mal stellte er sie sich dabei vor, jetzt erst schlief er wirklich mit ihr. Er hatte manchmal unvermittelt ihren Kopf auf sein weiches Geschlecht gedrückt, »mach schon«, hatte er gesagt, »los, mach«, bis sie es in den Mund nahm, mit der dunklen, knittrigen, vorne knapp über der Eichel abschließenden Vorhaut spielte, das weiße über das hellrote Fleisch schob, er fühlte das Anschwellen der Venen, der Platz wurde enger in ihrer Hand, ihr Druck fester, und nach einer Weile hatte er sich hingelegt, hatte sie sich hingelegt. Einmal, als der milchige, klebrige Samen schon in seinen Schamhaaren hing, hörte er das Kind kichern aus einer Ecke des Zimmers, und verlegen zog er die Hose hoch.

Die Friedensphasen waren viel kürzer. In den Friedensphasen nahm er das Telefon, stöpselte es ein, hörte ein paar Anrufe auf dem blinkenden Gerät ab, löschte diejenigen, die nicht für ihn waren, und rief in seinem Büro an, wo er sich wegen Krankheit abgemeldet hatte. Er schaffte es sogar, einige Entscheidungen zu treffen, unüberlegte, intuitive Entscheidungen, von denen er hoffte, sie würden sich später als richtig erweisen. Er schüttete dosenweise Futter in den Napf der Katze; er sprach Saskia auf Band, es ginge ihm besser, er versuchte ein Mindestmaß an Kontrolle herzustellen über das Drumherum, aber das erschöpfte ihn schnell, er zog den Kopf ein wie eine Schildkröte. Er spürte den Schmerz von einer anderen Seite, es war, als habe er sich in den Schmerz hineingesteigert, daß er zu einer ihm bekannten Landschaft wurde. Dort wurden ihm dann leicht die einfachsten Dinge zum Trost, jeder Atemzug kam ihm wie etwas Gelungenes vor. Er bestellte sich Essen bei »Asia Express«, als er die Aluminiumfolie lupfte, leuchteten das Fleisch und das Gemüse ihm bunt entgegen, aber als er einen Bissen probierte, schmeckte der so schlecht, daß er es stehenließ. Er begann ein Abschiedsgeschenk für Mona zu entwerfen, einen grünen Salon baute er in das Puppenhaus hinein, der aussah wie das herrschaftliche Ankleidezimmer im Schloß Hohenschwangau, das sie bei ihrer Bayernreise besichtigt hatten. Der Salon, der Mona so gut gefallen hatte, obwohl er nicht so prunkvoll war wie viele andere Gemächer. Er nahm keine fertige Farbe, sondern rührte den speziellen Grünton, an den er sich erinnerte, in einer Kaffeetasse an, das Zimmer glänzte und leuchtete, wirkte seltsam phantastisch angesichts der übrigen Pastellfarben und Naturtöne. Siehst du, sagte er triumphierend zum Kind, siehst du. Grün.

Er schwitzte den übermäßigen Alkohol und die Anzeichen der Grippe aus, sehr langsam nur ließ das Schwitzen nach, auch sein Mund wurde trockener. Vielleicht war das der Grund, daß er weniger mit dem Kind sprach. Nachts hatte er schillernde Träume, Wände aus gummiartigem Material, die sich seinem Körper anpaßten, zu Betten, Zellen, Särgen wurden, Köpfe, die durch die Fenster hereinlächelten, und wenn man schräg darauf blickte, weinten sie. Sie sahen ihm ähnlich wie eine unheimliche Familie.

Was hatte Mona eigentlich von ihm gewollt? Er rächte sich an ihrer Katze, die ihm sowieso zu anhänglich geworden war, und nahm sie mit auf den Dachboden. Er öffnete das Fenster und wollte sie herausschubsen; sie krallte sich an den Ziegeln fest. Er schloß das Fenster: Er würde sie nicht mehr hereinlassen, und wenn sie noch so sehr maunzte.

Dann stand eines Tags Sara Bennert vor der Tür, verlegen und mit einem Pferdeschwanz, der wippte; er hatte sie vollkommen vergessen. »Was machst du so?« fragte sie.

»Ich trinke. Ich schlafe – manchmal. Ich sammle ihren Kram zusammen und schicke ihn an die Adresse ihrer Mutter, wo sie sich vermutlich verkrochen hat. Ich zerschnipsele Fotos und klebe sie wieder zusammen ...« Er holte Luft.

Weil sie dennoch blieb, teilte er den letzten Single Malt

mit ihr, und sie erzählte. Sie sprach wie aus dem Lehrbuch, nur daß sie über sich selbst sprach: »Ich hatte immer das Gefühl, ich hätte die Uni wegen ihm aufgegeben, und das habe ich ihn unterschwellig wohl spüren lassen. Andererseits habe ich auch nicht an allem schuld. Außerdem hatte er eine Affäre. Hatte Mona eine Affäre?«

»Das weiß ich nicht. Nein, ich denke nicht.« Er war müde, und sie war gekommen, um ihm zu helfen, von Verlassener zu Verlassenem. Ohne Umstände begann sie, sich auszuziehen. Er betrachtete ihren nackten, holzfarbenen Körper, die Schultern, wo man den Übergang der hellbraunen Haare zur Haut kaum sah, und er starrte sie einen Augenblick zu lange an, als daß sie es als Kompliment hätte auffassen können. Als würde man die Freude über ein Geschenk erst nach einem peinlichen Moment äußern. Als sie dennoch nicht aufhörte zu lächeln und sogar noch die Arme ausbreitete, riß er sie hoch und drückte sie so zurecht, daß er tief eindringen konnte; ihr Gesicht war vom Schmerz verzogen, er wandte den Blick ab, sah seitlich an die Wand. Er sah das Kind und wie es ihm zugrinste. Er schloß die Augen und drehte den Körper vor sich auf den Rücken, um zu testen, ob Sara Bennert schrie, wenn er ihr weh tat. Sie wimmerte.

»Ich glaube, du bist noch nicht soweit«, sagte sie mit verletzter, bemüht neutraler Stimme, als sie danach ein Glas Wein tranken. »Aber wenn – ruf mich an, ja?«

»Mach's gut«, sagte er.

Als sie weg war, öffnete er das Fenster, schaute in den methylenblauen Winterhimmel, als ob Mona jetzt tot sei und ihre Seele da oben zwischen den Wolken kreisele.

Zuletzt fehlte nur noch die Beleuchtung, das Lichtsystem, das Tüpfelchen auf dem i. Dazu mußten die Lämpchen installiert und die Drähte der verschiedenen Leuchten auf der Rückseite miteinander verbunden, an den Transformator angeschlossen werden. Er versuchte, alle Leitungen auf einer einzigen Verteilerleiste zusammenzuschließen, aber das gelang ihm nicht, er brauchte mehrere. Mit Klebestreifen befestigte er die losen, herumhängenden Kabel, die zwischen den Fingern verrutschten. Als er aufsah, hatte er eine leichte, verschwommene Vision des Kindes und ahnte den Abschied.

»Schön, nicht?« fragte er, aber das Kind schwieg, und auch er hatte nicht mehr viel zu sagen, er prüfte vorsichtig bei jeder einzelnen Birne, ob sie auch leuchtete, dazu tippte er die Pole nur kurz an, damit die feinen Drähtchen nicht bei einem eventuellen Kurzschluß durchschmorten. Es funktionierte. Es war ein ziemlich großes Haus geworden, es stand da in einer absonderlichen Pracht, einzelne Räume wirkten fast überladen, weil Jakob sich nicht hatte zufriedengeben können. Im Wohnzimmer befand sich ein kleiner Kamin, mit einem Stapel winziger Scheite aus echtem Holz, auf der Schlafzimmerkommode stand eine daumengroße Uhr. Fülle und Perfektion waren das eine. Das andere aber war das Leben, das das Haus atmete, die Puppen darin sahen so lebendig aus wie Menschen. Jakob zeigte dem Kind, daß man das Vorderteil aufklappen konnte, er zeigte auf Einzelheiten in den Zimmern, Tapeten mit kleinen Mustern, Plastiktöpfe mit winzigen Blumen im Fenster, sogar Stoffvorhänge, er setzte Nora und Aron in den grünen Salon und die Kinder in den Garten darunter, wo sie mit dem Hund spielen konnten, sieh mal, sagte er, und gemeinsam schauten sie hin. Das Kind lächelte jetzt auf eine Jakob vertraute Art, etwa so, als ob er sein Lächeln in dem Kindergesicht fände und vielleicht auch eine Andeutung von Monas Lächeln, aber nein, sagte er, ich möchte kein Kind, sie mußte das schon so akzeptieren, und wenn das der Grund ihres Gehens war, dann bitte.

Es gab jetzt nichts mehr zu tun für ihn, er berührte die Farbdosen, sie waren eiskalt, er kratzte ein bißchen mit dem Fingernagel daran herum, und langsam breitete sich die Erschöpfung der letzten Wochen in seinem Körper aus. Er stand auf, taumelte, er konnte sich schwer losreißen von seinem Werk. Er betrachtete die kleine Lampe. Lange stand er so da, lange bedachte er seine Entscheidungen, sie waren alle richtig, fand er, seine Beine waren taub geworden, er nahm im Stehen ein Päckchen Zigaretten aus der Tasche, rauchte eine und noch eine. Er stand wie festgewurzelt, und das Kind, das er mit Mona nicht gewollt hatte, verschwand in seiner Ecke.

Aber dann riß ein Klingeln ihn aus seiner Andacht, er

ging zur Tür und öffnete sie mit einem Ruck. Vor der Tür stand Mona mit verheultem Gesicht, sie wich einen Schritt zurück, als sie ihn sah, er schaute an sich hinunter, das Hemd lappte aus der Hose, er sah seine Hüftknochen wie Schalen hervorstehen, und er bat Mona herein mit einer Handbewegung, die mit zu großer Verzögerung kam, um versöhnlich zu wirken.

Vampire

Wie war er – ordentlich, unordentlich, hatte er Geschmack? Sie betrachtete die hohen Fenster, die Stoffvorhänge, deren Farbe sie im ovalen Lichtkegel der Tischlampe nicht sehen konnte, vielleicht orange, ja, die Vorhänge mußten orange sein, der Teppich war schließlich hellgelb, anders würde es nicht passen. Die Blätter der Kübelpflanze zeichneten große Schatten auf den Vorhang, der sich leicht bewegte, so daß es aussah, als tanzten da merkwürdige Dschungelfiguren ihre archaischen Tänze. Sie sollte ihn vielleicht auf das Schattenspiel aufmerksam machen. Aber er hatte sich abgewendet und atmete hörbar. Sie ließ ihn in Ruhe. Jetzt war sie ungestört und konnte die Zeit nutzen, ihren Blick spazieren lassen in wilden Kurven durch das fremde Terrain, schließlich wollte sie sich alles merken. Wie der Bücherschrank dastand, das Tablett auf dem Boden, eine Kaffeetasse, und dann, nein, mehr war da nicht, jetzt hatte sie's komplett, das war sein Schlafzimmer.

Vielleicht sah sie es nie wieder, vielleicht wäre es entsetzlich, dieses Nimmerwiedersehn, oder aber auch kein Schaden, aber all das konnte sie nicht entscheiden, sie wartete ab, was er sagen würde, wenn er fertig wäre mit dem heftigen Atmen. Sie mußte vorsichtig sein. Den Mund halten und nicht zu viele Fragen stellen. Irgendwann würde sowieso jedes ihrer Opfer merken, daß sie mit ihrer Liebe die Männer aussaugte, alles aus ihnen herauspreßte, ihre Geschichten wissen wollte, ihre Gedanken, erzähl doch, erzähl doch, es war wie eine Sucht, auf die drei schönen Wochen folgten dann drei Monate, in denen die Liebhaber, geschockt vom Ausmaß der Langeweile, die Natalie offenbar quälte, versuchen würden, ihre neue Freundin anzuspornen, damit sie irgend etwas verändere, einen Sinn finde. Wie wäre es zum Beispiel mit der Kunsthochschule, Abteilung Fotografie? – aber Natalie würde nur den Kopf schütteln und den Fernseher einschalten, Peter hatte ihr einmal ins Gesicht geschlagen, als sie gähnte, während er ihr eine phantastische Zukunft ausmalte, doch auch wenn sie ihr nicht ins Gesicht schlugen, es käme die Zeit, in der kein Mann sich scheute, das Zusammensein mit ihr ein Unglück zu nennen, weil sie ihre Anrufbeantworter abhörte und ihre Briefe las und ihre Erinnerungen auslöschte, damit die Männer ihr ganz gehörten mit ihren Ideen, Projekten und Geschichten. Stephan durfte das nicht merken, jetzt noch nicht. Zurückhaltung war jetzt wichtig. Es war zu schnell gegangen, sie war zu schnell ins Bett zu kriegen gewesen – als ob sie aus irgendeinem Grund unter Zeitdruck stünde, als ob sie morgen schon eine alte Frau sein könnte, was für ein Unsinn.

Es ist kalt hier, sagte sie und berührte ihn an der Schulter, das war doch wohl unverfänglich genug, und er erwiderte, ich drehe die Heizung auf, schälte sich aus den Decken. Er brachte ihr ein Glas Wasser, wie aufmerksam, sagte Natalie und richtete sich im Bett auf, dabei rutschte ihr die Decke herunter, sie zog sie verschämt wieder hoch, wußte selbst nicht, ob sie die Scham nur spielte oder wirklich fühlte; er jedenfalls lachte. Natalie reckte sich, sie war schläfrig und überlegte, ob er von ihr nun erwartete, daß sie ging. Es würde ihr nichts ausmachen zu gehen, sie war nur so müde, müde, weil sie nach dem Essen im indischen Restaurant einen umständlichen Heimweg an den Stadttheatern und am Ufer vorbei gewählt hatten. Sie waren fast zwei Stunden durch die Stadt gelaufen, nur um diese Unterhaltung zu Ende zu bringen, die auf eine unglaubliche Länge angelegt zu sein schien. Sie hatten sich über Lieblingsspeisen und Filmvorlieben vorgetastet. Was das Reisen anging, hatte Natalie nicht viel zu sagen, Stephan dafür um so mehr, und je weiter er beim Erzählen abschweifte, desto mehr verlangsamten sich seine Schritte, bis er auf dem Eisernen Steg schließlich stehenblieb. Bali, sagte er, und sein Profil reckte sich in die Luft, Bali ist beeindruckend. Natalie beugte sich weit über das Geländer, noch weiter, wagemutig weit, sie hätte auch gerne über eine solche Reihe freundlicher, geordneter Erinnerungen verfügt, fand aber nicht einmal ihren Schatten im Wasser. Es war zu dunkel, der Fluß war schwarz und hatte an den

Stellen, wo das Licht darauf fiel, einen silbernen Überzug. Paß auf, sagte Stephan, als sie, die Handflächen auf das Geländer gestützt, zu schaukeln anfing. Ich passe auf, erwiderte sie und lächelte in sich hinein. Der Wind rauschte, der Steg vibrierte, und die Bäume, die sie an der anderen Seite der Brücke erwarteten, neigten sich zu ihnen herüber, Bäume ohne Namen. Was für ein schöner Ort, sagte sie.

Auf seine Fragen, was sie denn mache, blieb sie zurückhaltend, es sei öde, ihr Leben und die Arbeit als Fotoassistentin, dabei war ihr klar, daß das nicht ganz stimmte. Ich entwickle die Leben anderer, versuchte sie zu erklären, ich schaue sie mir an, und du denkst nicht, was diese Bilder alles aussagen über die Menschen, aber da hatte sie schon genug gesagt. Sie dachte an einen Kunden, einen schmalen jungen Mann mit einem freundlichen Lächeln, der am Donnerstag vor zwei Wochen, vermutlich wegen der verbilligten Preise an Donnerstagen, in den Laden gekommen war. Der Mann wühlte in seinem Rucksack herum, irgendwo müßte die Tüte mit den Filmen doch sein, murmelte er, und Natalie, lächelnd, nahm die runden Plastikbehälter, schrieb den Abholzettel aus, und später sah sie sich die fertigen Bilder an. Es befanden sich auf allen drei Filmen ausschließlich Aufnahmen von einer Frau, offenbar der Freundin des jungen Mannes, die Fotos zeigten sie beim Baden am See. Irgend etwas störte sie an den Bildern, erst glaubte sie, das Mädchen erinnere sie an ihre Schwester, so unnatürlich blond und so natürlich fröhlich, aber das stimmte nicht, es lag einfach daran, daß es zu viele Fotos waren, schrecklich viele, als ob dieser Mann etwas suchte auf dem nackten Körper der badenden Frau. Als sie weiter darüber nachdachte, fiel ihr auf, daß sie einfach neidisch war. Was mußte in dieser Frau alles stecken, daß der Freund ihr mit dem Fotoauge so nahe rücken wollte, obszön nahe, immer wieder.

Stephan und sie hatten den schwarzen stillen Fluß hinter sich gelassen, sie wandten sich der Innenstadt zu, die Spitzen der Hochhäuser waren beleuchtet, suchten irgendwas im Himmel, Natalie glaubte, daß ein Vogel hinter ihnen herriefe, eine einzelne hohle Vogelstimme, aber sie war sich nicht sicher, Stephan fragte: Träumst du? Er wartete, sie schwieg, da redete er weiter. Er sah beim Reden zufrieden aus, zufrieden mit sich und dem Abend. Natalie haßte neben Gesprächen über ihren Beruf auch Gespräche über ihre Herkunft, ein Dorf, jaja, miniklein, kennst du nicht, und er beschrieb ihr seine Kindheit in einer Villa in Wiesbaden. Wir Ziemers, sagte er und tat ironisch, also wir Ziemers sind seit Generationen Fabrikanten gewesen, und mit dem Wort *gewesen* meinte Stephan Ziemer, daß er die Firma nicht übernehmen wolle, er sei aus der Art geschlagen mit seiner Biochemie, ich will an der Uni bleiben, sagte er, aber natürlich ist es für Vater eine Enttäuschung, Natalie nickte, man hatte von solchen Fällen gehört. In Wiesbaden sei sie schon oft gewesen, sagte sie dann, eifrig, denn hier gab es ein Thema für sie, ich hab da mal gearbeitet, da zwischen dem Landesmuseum und der Industrie- und Handelskammer, weißt du, wo? Ein großes, graues Gebäude, das ist die Tagblattredaktion, da habe ich mal ein Praktikum gemacht in der Fotoabteilung, Fotos haben mich schon immer interessiert, diese eingefrorenen, verewigten Momente, es müssen nicht einmal gute Fotos sein, gerade die mißglückten, ich sehe es ja bei der Kundschaft im Laden, die sind manchmal am aufschlußreichsten. Und funktioniert nicht auch die Erinnerung so, bei mir jedenfalls, in meinem Gedächtnis werden die Personen und Situationen in Bildern gespeichert, was jemand sagt, das vergesse ich sofort, aber nie die Farbe des Himmels an diesem Abend oder der Stühle im Café. Stephan lachte, er lachte Natalie an, die tatsächlich redete, zum ersten Mal an dem Abend. An was erinnerst du dich denn, wenn du an eine Situation zurückdenkst, fragte sie, an Sätze, auch an Dialoge? Tatsächlich, du weißt noch, wer wann wo was gesagt hat? Ich vergesse es, vermische es, ich bringe das alles und immerzu durcheinander, eine Crux ist das mit den Sätzen und den Personen bei mir, richtig peinlich kann das werden, nein, bei mir sind es Bilder, immer Bilder. Und Stephan nickte und drückte ihre Hand, als ob er verstehen würde. So waren sie durch die Nacht gegangen, und dann war es selbstverständlich, den Abend auf die Weise zu Ende zu bringen, wie sie es getan hatten, nach all dem Aufwand an Wörtern.

Laß uns noch ein Glas trinken, du brauchst es nicht zu holen, laß uns in die Küche gehen. Aber erst mußte sie noch mal ins Badezimmer. Sie tappte nackt durch den Flur, das Badezimmer war eisblau gekachelt, angriffslustig glänzende Quadrate in ewiger Wiederholung, ein Aquarium, das gefiel ihr nicht. Natalie setzte sich auf den Badewannenrand, sie würde duschen, sie war todmüde, nur einen Moment noch sitzen, sie wollte entweder schlafen oder nach Hause, der Kopf und die Augen taten ihr weh, sie sah an sich herunter, das Kunstlicht ließ ihre Haut in einem merkwürdigen Blau erscheinen, wie die Haut eines phantastischen Tieres. Wieso hatte er keine roten Kacheln genommen, erdbeerrot, altrosa, blutrot, etwas Lebendiges, das wäre hübscher gewesen. Natalie stellte die Dusche lauwarm, sie erinnerte sich an ein anderes Badezimmer, an einen Jungen, der ebenso attraktiv gewesen war wie Stephan: Matthias, Matt. Hatten sie nicht immer zusammen geduscht, nein, nur einmal, immer zusammen geduscht hatte sie mit Jochen, der war mindestens so gutaussehend gewesen und außerdem freundlich und sehr klug. Eigentlich konnte sie sich nicht beklagen, bloß die Dauer ihrer Liebschaften, zuerst hatte die sie gestört, doch inzwischen rechnete sie schon von sich aus nur mit kurzen Abschnitten. Natalie bespritzte sich erst mit warmem, dann mit kaltem Wasser, bis sie fröstelte, und dabei dachte sie an noch einen und noch einen; früher war sie meistens zu lange geblieben, hatte sich durchschauen lassen, heute hatte sie es raus. Man sollte gehen, sobald die Hände, die Worte nicht mehr unsicher und tastend sind, sondern fordernd, sobald einer so tut, als ob er sich auskennt; nur weil diese Geste oder Streicheleinheit, weil dieser oder jener Satz einmal, anscheinend, gut aufgenommen wurde, benutzte man sie wieder, baute sich damit einen Trampelpfad an Gesten und Wörtern und verwendete, ungeachtet aller am Rand versteckten Schönheiten, stur diesen Trampelpfad. Nach Matt, mit Reiner, diesem wortkargen Norddeutschen, war es ein anderer Trampelpfad gewesen, aber eben auch einer. Danach hatte Angelo sie tatsächlich beinahe alle Regeln über Bord werfen lassen, Angelos Geschichten waren die besten gewesen, bei Angelos Geschichten hatte sie südliche, helle Bilder gesehen. Es war oft diese eine Vatergeschichte gewesen, die er erzählt hatte, Natalie erinnerte sich nicht mehr genau an seine Worte, aber sie sah immer noch Angelos Großmutter vor sich, wie sie Ansichtskarten verkaufte, und in der Hinterstube Angelos Vater, der Französisch lernte und Englisch, um Karriere zu machen. Angelo wollte nicht Honorarkonsul werden, obwohl er den Vater bewunderte wie keinen sonst, er dealte ein bißchen und hatte zuviel Geld und außerdem schon die halbe Welt gesehen, so daß er die meiste Zeit auf dem Sofa saß und vom Trinken verfettete, sie begriff das Dilemma. Angelo hatte auch schon zu viele Frauen gehabt, und wenn Natalie ihn nicht zuerst verlassen hätte, wenn sie nicht zuerst gegangen wäre, Angelo hatte noch jede satt gehabt, er hatte sie ausgesaugt und satt gehabt, sie konnte ihm das nicht übelnehmen, schließlich war sie genauso. Ein Gefühl von Panik machte sich in ihr breit, sie schmeckte es auf ihrer Zunge als etwas Metallisches. Wasser, sie brauchte Wasser, sie richtete den Strahl auf ihren Mund, schluckte, ließ die Flüssigkeit ihre Kehle herunterströmen. Das meiste lief ihr das Kinn herunter. Stephan rief: Hast du alles? Erschrocken drehte sie den Hahn ab. Aber es gab nichts zu befürchten. Da war nur wieder seine Aufmerksamkeit, sie würde sich mit Genuß daran gewöhnen, was sollte sie in diesem ordentlichen Badezimmer denn nicht finden? Sein Bademantel hing an der Tür: groß, viel Stoff. Sie war gut aufgehoben.

In der Küche gab Stephan sich sehr beschäftigt mit den Handgriffen, die man zum Ausschenken und Cracker-auf-den-Tisch-Stellen brauchte. Sie hätte gerne gefragt: Rufst du morgen an? Oder: Raus mit der Sprache, was denkst du, war ich gut, habe ich dir zeigen können, wie gut ich dich fand, wem erzählst du es morgen, hast du einen Kumpel, den du anrufst, wenn ich aus dem Haus bin, oder wartest du erst ab, wie sich die Sache entwickeln wird? Sie nahm sich einen Cracker, und während sie den Wein in sich schüttete, weil ihr Durst immer größer wurde und ihre Ungeduld, die Gier, zu fragen, mehr von ihm zu bekommen, Liebesbekenntnisse oder Küsse, sich meldete, kaute er auf einem Mundvoll herum, es war kaum mit anzusehen. Natalie verschluckte sich fast, sie wollte alles im Gedächtnis speichern, bis sie wieder nach Hause kam in ihr Zimmer, in ihr eigenes tristes Leben, nein, dachte Natalie und lächelte Stephan Ziemer an, ich habe nichts mehr zu verschenken, ich muß es mir holen. Und noch während Natalie überlegte, ob sie nun allmählich gehen sollte, ob er nicht erwartete, daß sie jetzt ging, stand er abrupt auf: Musik war gut, es war so still hier. Im Nachbarzimmer knarrte das Parkett unter seinen Füßen, dann hörte sie lauter werdendes Saxophonspiel, sie sah Zigaretten auf dem Küchentisch liegen und zündete sich eine an. Sie rauchte zwei, drei Züge, als hätte sie noch nie diesen nussigen Geschmack im Mund gehabt, den Zigaretten immer besaßen, wenn man sich eine Weile das Rauchen verkneifen konnte.

Sie drückte die Zigarette aus, gähnte, da kam er, grinste und trug eine Pappschachtel: Hier ist mein Leben, sagte er großartig und klopfte auf den Deckel. Du magst doch Fotos, da begriff sie: Da drin waren Rom und die Wiesbadener Villa, da waren seine verflossene Anja und seine verflossene Mareike, und darin war Stephan, Stephan vor Häusern, Sehenswürdigkeiten, Stephan mit Mädchen und Stephan mit Verwandten.

Sie beugten sich über den offenen Karton, er war gestopft voll, mindestens vierhundert Fotos. Als Stephan zwei dicke Pakete mit Bildern aus der Schachtel holte, sah er aus, als wolle er ihr etwas schenken, als habe er soeben Jahre seiner bisherigen Existenz aus der Schublade geholt, um sie nun ihr zu übergeben, damit sie, wie er sagte eine *Vorstellung* hätte. Er schwieg und lächelte sie an, und sie dachte, sie würde weiteren Phantasieaufwand brauchen, aber so war es doch einfacher, denn sie beide könnten, ungefähr jedenfalls, da weitermachen, wo Nicole und Andrea und vielleicht auch andere, vielleicht noch Jessica und Ann-Kathrin und Beatrice, stehengeblieben waren, sie könnten dieselben oder eben auf keinen Fall diese Urlaubsländer bereisen, und sie bräuchte die Fehler ihrer Vorgängerinnen nicht machen, schließlich könnte er ihr anläßlich der vielen Bilder erzählen, was er nicht ausstehen konnte, so hart es klang. Und natürlich, ihre spezielle Eigenheit würde er bemerken mit der Zeit, natürlich, um ihrer Eigenheit willen war sie ja da. Er hatte jetzt gefunden, was er suchte: eine, die alles mitmachte mit eigentümlicher Demut, und er würde nicht merken, wie sie ihn, bei aller Lust, seine Spielchen mitzumachen, auslutschte bis auf die Knochen. Ach, sagte er dann und hielt ein paar Bilder in der Hand, also was ist dir lieber, chronologisch oder – durcheinander, unterbrach Natalie, gab Stephan den Stapel zurück, der ganz bedächtig ein Bild nach dem andern aufblätterte. Sie ließ die Augen nur pro forma über die Kluften und Schluchten wandern, aus denen der erste Stapel Bilder bestand, sie wollte Menschen sehen, und da waren sie auch schon, eine resolute, nicht mehr ganz junge Frau, ein hagerer, adlernasiger Mann, besonders ähnlich sah er den Eltern nicht, das war das Haus, wie schön, und hier eine Gartenparty, wie alt bist du da, siebzehn, achtzehn, lustig mit den langen Haaren, sind das Heckenrosen da?

Menschen, Länder, Abenteuer, sagte Stephan spöttisch und blätterte durch den Grand Canyon, dann zögerte er einen Moment, das sind meine Verflossenen, sagte er, sie machte den obligatorischen Rückzieher, er widersprach, aber doch, dann hast du eine Vorstellung. *Eine Vorstellung*, hatte er das nicht schon einmal gesagt, und schon gab sie auf und lehnte sich zufrieden zurück. Sie betrachtete zehn mal fünfzehn Zentimeter Toskana, Zypressenhintergrund und brünetten, lächelnden Nicolevordergrund. Nicole frühstückte im Freien. Sie frühstückte geschminkt. An Nicoles Tasse waren Lippenstiftränder, es war eine gestochen scharfe Fotografie, das paßte zu Stephan Ziemer, alles war ganz deutlich, und links an der Seite war Nicoles Lippe ein bißchen geschwollen, von der Nacht, oder sie hatte sich draufgebissen. Hübsch war sie, viel hübscher, als sie sich das gedacht hatte, und der Busen drückte sich mächtig durch das T-Shirt. Natalie überlegte sich, ob diese Nicole nicht viel eher sein Typ gewesen war, aber die Unruhe dauerte nur Sekunden: und wenn schon, auch ein Stephan Ziemer brauchte Abwechslung. Sie schaute zur Tür, die halb offenstand, Türen beruhigten.

Diese Gier, mit der sie die Fotos ansah, war so stark wie noch nie, und sie überlegte, ob andere es wohl Verliebtheit nennen würden. Das mit Nicole war nichts Ernstes, sagte er jetzt. Wir waren beide allein, du weißt ja, wie schnell das dann manchmal geht. Sie mußte lachen, er schämte sich, dann wußte sie nicht mehr weiter: Mit ihnen, das stimmte schon, war es auch schnell gegangen. Er blätterte weiter, Andrea, das war etwas Ernstes, wie er ihr bereits erzählt hatte, und tatsächlich sah das Bild ernster aus, denn es war im Schwarzwald aufgenommen worden, mit sterbenden Bäumen im Hintergrund, zum Teil waren sie umgeknickt und lagen schwarz am Boden wie riesige Satzzeichen. Stephan legte das Bild wieder weg, zufrieden, obwohl sie gar nichts gesagt hatte, nur genickt und jetzt noch, mit Verspätung, die Bemerkung anbrachte, ach ja, bei Freudenstadt soll das Baumsterben ja hundertprozentig sein, nur noch die Obstbäume haben eine Chance. Wir müssen da mal hinfahren, das ist schön, sagte er und meinte immer noch die Toskana. Was sie hier sah, war Gold wert, ihre Langeweile würde für Monate verschwinden, sie hatte Stephans Leben zu bedenken. Wenn er ihr seinen Schlüssel geben würde, könnte sie heimlich die Bilder betrachten, und vielleicht, irgendwann, würde es auch von ihr Bilder geben, die in diesem Karton landeten, dann wäre sie Teil seiner Geschichte, sie alle sollten über sie erzählen, über sie, Natalie, die für eine eigene Geschichte keine Kraft hatte.

Heute abend – du bleibst doch? fragte er. Sie hörte nur diesen einen Satz *du bleibst doch*, wie auf einer Kreidetafel stand er angeschrieben, und sie wußte, dies war kein One-Night-Stand für ihn, sie hätten Tage, Wochen, vielleicht auch Monate zusammen, für die nächste Zeit war sie versorgt mit frischem Leben, wie glücklich sie diese Aussicht machte. Warte, noch die letzten, aber wirklich die allerletzten Bilder, sagte er, warte, hier, hier, aber es sind, wirklich, es sind ganz alte Geschichten. Zeig her, rief sie und schrie fast, zeig her. Denn schließlich erkannte sie sich in jeder Frau wieder, in Nicoles, Andreas, Maries hungrigen Augen, sie starrte sie an und erkannte sich wieder. Sie merkte nicht, wie Stephan sie anschaute, bis er lachte und sagte, guck mal in den Spiegel, und sie stand auf und schaute in den kleinen Spiegel am Küchenausgang: Tatsächlich, ihr Gesicht war weiß und ihr Mund an den Rändern vom Wein gerötet, sie lachte und konnte nicht aufhören, so klar hatte sie sich noch nie gesehen wie heute in diesem Spiegel, und dann war er plötzlich hinter ihr, biß sie in den Nacken und sagte: Vampir, Vampir, vor dir muß ich wohl aufpassen, und sie sagte, leise, oder ich vor dir.

Die Übergabe

I

Es geschieht auch in diesem Sommer nichts, das ihn von den vorigen unterscheidet, obwohl ich es mir doch so sehr wünsche, doch keine der Häuserfassaden, an denen ich täglich entlanggehe, ändert plötzlich chamäleonhaft die Farbe, sie werden höchstens blasser, als wollten sie diejenigen ärgern und enttäuschen, die sie allzuoft hoffnungsvoll anstarren. Es ist Mai geworden und Juni, nirgends im Viertel wird ein Haus abgerissen oder neu gebaut oder hängt plötzlich ein fremd klingendes Namensschild neben der Hausnummer, und wenn ich an der Ecke von Giovannis Eissalon vorbeikomme, kann ich mich darauf verlassen, daß zwischen meinem dritten und vierten Schritt, von der Gebäudekante aus gezählt, ein *ciao* hergeweht kommt, obwohl ich in diese Eisdiele nie hineingehe, und beim siebenten Schritt die Bäuerin aus Bad Vilbel von ihrem Marktstand herwinkt, daß ihr Busen unter der Kittelschürze wogt, und etwa fünf Sekunden später, als sei er etwas schwer von Begriff, kläfft dann ihr sabbernder Hund. Es ist, als seien sie alle nur Teile in einem dieser Bilderbücher, bei denen man die Pappfensterchen aufmachen kann an verschiedenen Stellen, und dann ist darunter noch eine Begebenheit eingezeichnet, allerdings eine, die man auch längst kennt. Wie ein altes Mütterchen schleppe ich schwer an meinen Tüten mit dem schwungvollen Schriftzug der Supermarktkette, mal blau und gelb für Aldi, dann rot und grün für HL, während sich die ewig gleichen Gedanken durch meinen Kopf wälzen, gleich, daheim, werde ich noch ein bißchen arbeiten und später das Essen vorbereiten, ich werde noch eine Weile mit Clemens dasitzen, vielleicht die Nachrichten ansehen, den Kanzler betrachten, die neuesten Informationen über die Ausbreitung von SARS anhören, den Wetterbericht registrieren, und dann wird der Tag auch schon vorbei sein; dieses Ende ist dann das einzige Ergebnis, ein Ergebnis, wie eine leichte Rechenaufgabe so glatt.

2

Vor Jahren, als ich mit Clemens in dieses Haus zog, hatte ich zwar schon begriffen, daß es Leute gibt, die sich gewöhnen können, und solche, die können es nicht, aber ich hatte noch Hoffnung, es gäbe bestimmte äußere Umstände, die einen auf die andere Seite zögen. Und daher war es auch keine Lüge gewesen, als ich an meinem dreißigsten Geburtstag mit Begeisterung auf Clemens' Angebot einging, zusammen ein Haus zu mieten. Doch es wollte sich der von mir dringend gesuchte innere Friede nicht einstellen, im Gegenteil, alles ist nur noch schlimmer geworden, und ich blättere in meinen alten Reisenotizen aus der Studienzeit, um mir die Unruhe von früher wieder zu vergegenwärtigen, jene Zeit, in der ich das Gefühl, von innen her zu faulen, noch nicht lange kannte und optimistisch annahm, es mit physischer Bewegung verdecken zu können. Manchmal reiste ich bis zur völligen Erschöpfung. Doch es brachte kein Ergebnis. Ich gewöhnte mir in dieser Zeit an, meinen Mantel von der Garderobe zu reißen und drei- oder viermal um unsere Häuserreihe zu gehen, als könne ich dadurch einen Fluch von uns lösen.

Mein Bemühen, die wachsende Verzweiflung vor Clemens zu verstecken, dem die Fähigkeit, zufrieden zu sein, angeboren scheint, kostet mich eine Menge Kraft.

3

Ich füttere unsere Katze, sie ist weiß, mit honigfarbenem Muster, leise sage ich zu ihr, wenn ich sieben Leben hätte, dann legte ich mir in jedem eine Katze wie dich zu, dieses unsinnige Herumstreifen ist ja so selbstverständlich, daß man annehmen muß, es kann euch nicht anders als gutgehen dabei. Jahrelang habe ich versucht, wie eine Katze zu leben, ich pflegte mich, meine Hände, meine Haare, machte Gymnastik, lungerte vor dem Fernseher herum, ich schlief viel und trank Milch für den Teint. Aber man beginnt nicht, sein Leben zu lieben, nur weil man seinen Körper gut behandelt.

4

Heute sprach mich diese Frau auf der Straße an. Hallo, sagte sie, und ich sah schnell nach, ob ihr T-Shirt nicht den Aufdruck einer Zigarettenfirma trug oder sie die Arme hinter dem Rücken gekreuzt hatte, so daß, wenn sie sie vorstreckte, blitzschnell der Block mit Fragen eines Marktforschungsinstituts zum Vorschein käme, aber sie stand offenbar nicht aus beruflichen Gründen da. Erkennst du mich nicht mehr, Lizzy, ich bin Carina, fragte sie und schwang ihre geflochtene Handtasche. Sie war etwa in meinem Alter, hatte braune Augen und weißblonde Haare, die im Sonnenlicht fast nicht mehr sichtbar waren, wie der Gelbbereich des Regenbogens. Aber obwohl ich schwören könnte, sie noch nie gesehen zu haben, kannte sie doch diese alte Abkürzung meines Namens, die es längst nicht mehr gab. Wir sind in dieselbe Schule gegangen, behauptete sie, in Parallelklassen, weißt du noch, und sie erwähnte Schulfeste und andere Anlässe, bei denen wir uns angeblich gesehen hätten, die Knutschereien am Lagerfeuer, lauter Einzelheiten purzelten aus ihrem rosageschminkten Mund, sie sagte, ach und erinnerst du dich an die Lautsprecherdurchsagen, die kamen, sobald jemand sein Moped auf den Lehrerparkplätzen parkte, und wenn dann einer aufstand und es umstellen mußte, war er der Held des Tages. Doch das Beste waren immer die Dienstagnachmittage mit Frau Gonzales und der Spanisch-AG, und da, auf einmal, erschien plötzlich ein großes blasses Mädchen in den vorderen Reihen des Klassenzimmers vor meinem inneren Auge, ein Bild, von dem ich mir nicht sicher bin, ob es sich dabei um eine tatsächliche Erinnerung handelt oder nur um eine Vorstellung, die etwas Fehlendes auffüllt. Mir gefiel die Begeisterung, mit der sie über unser Leben damals sprach, als sei die Schulzeit eine schöne feste Wurzel, die uns dauerhaft für ein dem Himmel entgegenstrebendes Leben versorgte, das war alles so falsch und doch so überzeugend vorgetragen, daß es mich verblüffte. Wohl daher nahm ich ihren Vorschlag an, eine Tasse Kaffee trinken zu gehen, nur um zu sehen, was sie sonst noch für Irrtümer draufhatte.

5

Als wir einkehrten in Giovannis leeres Café, wo man sich mehrfach selbst in den spiegelverglasten Wänden sah, so daß er sich hier drinnen wahrscheinlich noch einsamer vorkam, als ich von draußen aus angenommen hatte, kratzte er sich vor lauter Überraschung zuerst am Bart, dann packte er hilfreich meine Tüten und stellte sie neben unsere Plätze. Ich musterte Carina, sie kam mir sehr hübsch vor, sie schlug ihre schmalen, braunen Beine mit einer entschlossenen Bewegung übereinander, so daß sie aussahen wie etwas gerade nicht Gebrauchtes, auf Vorrat jedoch Vorhandenes. Beim Sprechen pellte sie die Klarsichtfolie von einem Päckchen Zigaretten, was für ein Zufall, daß ich dich getroffen habe, das ist meine erste Woche in Frankfurt, weißt du, vorher war ich lange in Madrid, und sofort stockte sie, knubbelte am Bund ihres T-Shirts herum und strich sich durch diese fast weißen Haare. Ich nippte an meinem Kaffee und ließ sie erzählen. Mir schien sie derart unter ihrem Alleinsein zu leiden, daß sie wohl jeden auf der Straße angesprochen hätte, der ihr auch nur entfernt bekannt vorkam. Ihr Mann hatte sie verlassen, er hat eine andere, weißt du, eine andere, einfach so, und all der Alltag ist nun weg, alles ist weg, alle Gewohnheiten, ich hänge nur so rum. Ihre Augen waren rund, als sie das sagte, und ich dachte, aha, sie vermißt die Gewohnheiten, sie ist also auch einer von den Menschen, die sich gewöhnen können, genau wie Clemens. Laut sagte ich nur ein paar tröstende Phrasen, wird schon wieder. Eine Weile herrschte Verlegenheit, die Löffel an unseren Kaffeetassen klirrten, und von draußen hörte man die Geräusche der Straßenbahn. Sie sagte, sie gebe Kurse an der Volkshochschule, Spanisch II und III und Spanisch kochen. Ich erzählte ihr von meiner Arbeit als Übersetzerin, ich bin auch beim Spanischen geblieben, da siehst du mal, die Sonne wurde milder und legte eine Stola aus Licht um uns, und auf einmal, aus einer Stimmung heraus und auf für mich selbst verblüffend offene Weise, begann ich, Carina von Clemens und der geplanten Renovierung unseres Hauses zu erzählen, lauter unwichtige Details, denen sie allerdings aufmerksam lauschte. Weil sie immer noch in gespannter Stille dasaß, obwohl ich längst aufgehört hatte zu reden, fing ich wieder an, und diesmal wurde ich immer geschwätziger, ich erzählte zum

Beispiel von Clemens' neuem Peugeot und der unglaub-
lichen Hakennase des katalanischen Dichters, den ich
neulich übersetzt hatte, und von der Urlaubsreise, die wir
für nächsten Herbst planten.

6

Und so passierte das Überraschende. Obwohl nämlich genau dies die Dinge waren, die mich schon vor längerer Zeit
unendlich zu langweilen begonnen hatten, kam es mir
jetzt vor, als besäßen sie dadurch, daß ich von ihnen erzählte, mehr Wirklichkeit als zuvor, als schillerten sie,
wenn man sie nur lange genug ins Licht von Carinas Interesse hielt. Das war dann wohl auch der Grund, daß ich
gleich zusagte, als sie ein Treffen vorschlug. Ich empfand
plötzlich eine dumpfe und ziellose Hoffnung, die ich mit
Carina verband. Aber was sollte ausgerechnet diese Frau
mir helfen, die selber so kümmerlich von sich sprach!

7

Beschwingt ging ich nach Hause. Doch dort fühlte ich sofort wieder die Müdigkeit in mir hochkriechen, gerade so,
als sei die Luft in unserer Wohnung schon im Flur mit
Chloroform versetzt, obwohl ich die Fenster aufriß und
eine CD mit schneller, rhythmischer Musik auflegte, die
Musik dann lauter drehte, immer lauter, doch ich spürte
gar nichts, mein Gehör war abgekoppelt vom Empfinden,
ich bemerkte irgendwann nur, daß entsetzlicher Lärm im

Zimmer herrschte. Da schaltete ich aus und ging in mein Arbeitszimmer, denn dort lag die Übersetzung, an der ich gerade saß. Eigentlich sollte sie in zwei Wochen fertig sein, doch ich verzettelte mich immer mehr, indem ich einzelne Wörter hin- und herschob und auf ihren Klang hin überprüfte, ohne mich für eines entscheiden zu können, und dann nahm ich aus Trotz, und wie um eine Meinung zu behaupten, die ich gar nicht hatte, bei allen fragwürdigen Wörtern den am weitesten entfernten Ausdruck, und der Ton des Ganzen ähnelte immer weniger dem Ursprungstext. Vermutlich würde ich mir damit Ärger einhandeln. An diesem Tag kramte ich aber nur im Stehen ein bißchen in den Papieren herum, goß dann die Zimmerpflanze mit dem schal gewordenen Apfelsaft, der am Boden stand, lief wieder hinaus und begann, das Abendessen zu machen. Dabei dachte ich an Carina. In Gedanken erzählte ich ihr von dem heutigen Abend, was ich kochte und daß Clemens gleich klingeln würde, und dann klingelte Clemens, das Geräusch löste wieder meinen vertrauten Sprint von der Küche an die Tür aus, denn auch wenn Clemens zu faul war, seinen Schlüssel herauszunehmen, so haßte er es dennoch, an der Tür zu warten. Er roch ein bißchen nach Zigarette und, wegen seines After-Shaves, auch nach Baumrinde, er küßte mich und preschte dann an mir vorbei in die Küche, ich habe Mordshunger, und ich lachte, wie ich bei diesem Satz immer lachte. Er sah so glücklich aus, daß mir hundeelend wurde und ich mir schwor, ich würde ihn nie verletzen. Beim Essen drehte er die Spirelli in der Soße um und um, genau wie ich es mir gedacht hatte, und er machte mit jeder Gabel einen dreifarbigen Bissen aus Nudeln und Fleisch und Erbsen, alles war wie immer. Während Clemens danach die Zeitung durchsah und seine zwei Zigaretten rauchte, lief ich noch einmal in mein Arbeitszimmer, um zu versuchen, die Stunden, die ich versäumt hatte, nachzuholen, doch da stand er plötzlich in der Tür, du siehst so zufrieden aus heute, hattest du einen schönen Tag, sagte er, sein Umriß zeichnete sich geisterhaft groß gegen den dunklen Flur ab, und da begriff ich, daß er mit mir schlafen wollte, also machte ich die Schreibtischlampe, die ich eben gerade angeknipst hatte, wieder aus und ging mit ihm nach drüben.

8

Clemens kann nichts für mein Unglück, soviel ist klar. Nichts ist ihm vorzuwerfen, keine Abwesenheit, keine Ungeduld, kein mangelndes sexuelles Interesse, selbstverständlich auch kein übersteigertes, nein, es ist alles in schönster Ordnung. Das Überraschende ist höchstens immer wieder die Tatsache, wie wenig Talent er zum Überraschen hat. Selbst wenn er ungeplant mit Blumen oder einem Buch oder einer Essenseinladung kommt, dann geschieht das mit Sicherheit exakt zu dem Zeitpunkt, an dem ich mir sage: Jetzt wäre mal wieder eine Überraschung fällig. Aber kann man das jemandem vorwerfen? Nein, ihn trifft keine Schuld. Er hilft sogar im Haushalt, an den Wochenenden, und hört aufmerksam zu, wenn ich ihm etwas erzähle. An freien Tagen vergräbt er sich auch nicht in seine Arbeit, wie viele Männer das tun, obwohl er mit Sicherheit welche hätte, da er ein ausgezeichneter Anwalt ist, sondern er unternimmt etwas mit mir. Wenn ich Freundinnen und Bekannten von seinen famosen Eigenschaften erzähle, dann beneiden sie mich.

9

Laß uns rausfahren, einfach irgendwohin, ins Blaue, schlägt Clemens an den Wochenenden gerne vor, und so fahren wir fast jeden Sonntag raus, ins Blaue, was bedeutet, daß wir die A 66 aus der Stadt nehmen und irgendwann im Rheingau landen. Wir hören leise klassische Musik im Auto. Als ich Kind war, fuhren wir auch dauernd ins Blaue, damals begriff ich langsam, daß die Flüsse und in den Himmel ragenden Berge in der Ferne zwar strahlendblau dalagen, sich aber, sobald wir darauf zukamen, als gelbgrün und braun und grau erwiesen, und ich entwickelte eine Abneigung gegen das Vage, Unzuverlässige dieser Farbe, eine Abneigung, die ich bis heute nicht abgelegt habe.

10

Eben komme ich wieder von einem Treffen mit Carina zurück, und wie jedesmal fühlte ich mich auf dem Heimweg erfrischt und lebendig, jedoch nur bis zur Haustür. Ich sage mir, daß alles ganz einfach ist, daß ich jetzt einfach nur das Abendessen zubereiten muß, Gemüse hacken, Fleisch marinieren, Creme kalt stellen, und selbst wenn ich dazu keine Lust habe, kann ich jederzeit etwas telefonisch bestellen oder Clemens vorschlagen, essen zu gehen, alles ist möglich, alles. Und dann beschließe ich, etwas besonders Kompliziertes zu machen und überlege mir schon während des Kochens, wie ich Carina davon erzählen kann. Ich weiß, sie wird beim Zuhören so konzentriert dreinschauen, daß ich glauben kann, mein Abend wäre etwas Besonderes gewesen.

11

Gestern war ich mit Carina im Kino, wir sahen uns ein französisches Drama an, eine destruktive Dreiecksbeziehung, die mich, obwohl alles sehr düster war, durchaus mitriß. Anschließend sagte Carina einige intelligente und zugleich lebensbejahende Dinge, die begründen sollten, weshalb ihr der Film nicht besonders gefallen hatte, sie griff das Selbstzerstörungspotential der Figuren an, und ich sagte, lustig, genau das hätte Clemens auch gemeint, ihr würdet gut zusammenpassen. Ich sagte das natürlich im Spaß, ohne nachzudenken, aber dann traf sich unser Blick, und etwas, von dem ich noch nicht sagen kann, was es ist, irritierte mich.

12

Langsam haben wir nun begonnen, all diese Dinge zu
unternehmen, die Freundinnen gewöhnlich miteinander
tun, also einkaufen gehen, schwimmen und zum Friseur.
Mit einer merkwürdigen Selbstverständlichkeit akzeptiere
ich, daß ich auf einmal eine Freundin habe, eine, die plötzlich aus dem Nichts aufgetaucht ist, als habe das Ganze
eine Bestimmung, einen tieferen Grund.

13

Neulich saß ich mit ihr im Café, wir beobachteten die
Leute draußen, und ich kam, angeregt durch irgendeine
kleine Szene dort, dazu, von meiner ersten Begegnung mit
Clemens zu berichten (wir liefen an einer dunklen Straßenecke, an der Alten Oper, förmlich ineinander, es war,
sagte ich, quasi ein Unfall), und da, auf einmal, sah ich erneut das sehnsüchtige Funkeln in ihren Augen – und da
hatte ich die Idee.

14

Ich werde ihr mein Leben hinhalten wie einen Mantel, der
mir längst abgetragen vorkommt, ihr aber ausgezeichnet
gefällt, es wäre doch gelacht, wenn sie so ein Geschenk
nicht nehmen würde.

Von diesem Gedanken an hat sich für mich alles verändert. Es ist, als sei Sonnenlicht durch einen schmalen Spalt in ein dunkles Zimmer gefallen, und wo vorher nur formlose Hüllen herumgestanden haben, beginnen sich nun Konturen abzuzeichnen.

Auf einmal bin ich immer in Eile. Ich ging heute vormittag fast eine Stunde zu früh zu der Verabredung mit Carina. Ich hatte mir Arbeit mitgenommen, verschiedene Papiere, die ich auf dem Tischchen zu einem raschelnden Fächer ausbreitete. Wieder war das Café ganz leer, bis auf meine Spiegelbilder und die von Giovanni, der hinter der Theke Gläser und Becher putzte. Aber das war besser als zu Hause, wo sich die Wände auf mich zubewegen wie eine sich schließende Presse. Wieder knirschten Giovannis Schuhe leise, als er erst nach angemessener Wartezeit herantrat, um mich nach meinen Wünschen zu befragen, und erneut bestellte ich Espresso, und er hatte ihn kaum gebracht, da erschien auch schon Carina, ebenfalls zu früh, wir begrüßten uns wie uralte Bekannte oder Schicksalsgenossen. Sie hängte ihre Umhängetasche um die Stuhllehne und beugte sich über meine Papiere, ah, darf ich, aha, sie übersetzte fließend die Zeilen, *estas señores*, hmhm, diese Herren haben Alpträume... plötzliche Erscheinungen geschlechtsloser Engel oder blinder Mäuse, die kommen, um ihnen den nahen Untergang ihrer traurigen Städte zu verkünden... hmm, schön, das ist José Goytisolo? Ich sagte, ja, und du kannst das mindestens genausogut wie ich, darauf einen Grappa. Bei der Bestellung war Giovanni, der uns bisher automatisch immer nur Kaffee gebracht hatte, für eine Sekunde irritiert, er nickte, und sein Gesicht wurde für einen Moment wächsern und hart, verschloß sich zu einer Maske der Konzentration, um sich unsere erweiterte Bestellung für immer zu merken, wie ein Computer, der etwas speichert, so daß er von nun an, sobald wir den Eissalon betreten, mit seinen quietschenden Schuhen auf uns zueilen wird und fragen, Espresso? Und dazu einen Grappa? Denn auch die Treffen mit Carina würden Gewohnheit werden; es war, als hänge ich an das große, angestaubte Puzzle meines zufälligen, aber glatt zusammengefügten Lebens noch ein Teilchen daran, das Freundinnen-Teilchen, das Carina-Teilchen. Ich überlegte, ob ich eine Bemerkung dazu machen sollte, aber ich war mir ziemlich sicher, daß sie nicht anders reagieren würde als Clemens, je nach Stimmung mit Bestürzung über meine negative Einstellung, mit Ignoranz, Mitleid oder bestenfalls dem Versuch, mich durch einen Witz aufzuheitern.

16

Bei all unseren Unternehmungen behalten und verfestigen unsere Gespräche ihre Form, das heißt, ich berichte detailgenau aus meinem Leben und sehe mit Freude, wie ihre Augen vor Interesse und Begeisterung glänzen und ihre Lippen sich kräuseln. Wir laufen durch die Stadt, diskutieren, was wir in den Schaufenstern sehen, probieren Kleider an, kaufen fast nichts, aber lassen es uns zurücklegen, wir lesen uns gegenseitig aus der Zeitung vor, und immer sobald mich ein Platz oder ein Gebäude an etwas erinnert, erzähle ich, woran, erzähle von Clemens und mir, und langsam findet sie sich sehr gut zurecht in meinen Verhältnissen. Sie fragte zum Beispiel eines Donnerstagabends, als wir uns trennten, wann kommt Clemens heute nach Hause, wieder erst um neun? An diesem Tag geht Clemens nämlich nach dem Büro ins Sportstudio, und ich nickte so begeistert wie ein Fernsehquizmaster angesichts einer erstaunlichen Kandidatin, das ist richtig. Beim Friseur setzten wir uns nebeneinander, und anstatt jeweils dumm auf sein eigenes Abbild im Spiegel zu starren, betrachteten wir uns gegenseitig und unterhielten uns so gut, daß beide Friseusen, die anfangs noch versucht hatten, am Gespräch teilzunehmen, mit der Zeit verstummten, und ich sah, wie an Carinas Haaren herumgeschnippelt wurde, und fühlte gleichzeitig das Zupfen an meinen, so daß ich mir vorstellen konnte, ihr Spiegelbild gehöre zu mir. Später ging ich untergehakt mit ihr die Straße entlang. Sie sagte, ich zeige dir endlich mein Zimmer, aber es ist sehr klein und noch sehr leer. Ich richte es einfach nicht ein, weil ich dort ja nicht lange bleiben will. Ich suche noch etwas Geeigneteres, und ich nickte, daß mir fast der Kopf vom Hals fiel, ja natürlich. In ihrer Wohnung brühte sie Tee auf, und weil wir in die winzige Küchenkabine kaum zu zweit hineinpaßten, blieb ich auf dem Bett sitzen, auf dem eine Tagesdecke mit einem graphischen Schwarzweißmuster ausgebreitet war, lauter kleine Würfelchen, in denen sich der Blick verliert.

17

Es ist letztlich sogar Clemens' Idee gewesen, Carina zu uns einzuladen. Er schlug es vor, nachdem an einem regnerischen Tag das Ins-Blaue-Fahren nicht geklappt hatte und wir am Kaffeetisch saßen, wo er irgendwelche Kanzleiakten wälzte und ich auf eine Passage in dem Buch starrte, die ich eigentlich übersetzen sollte. Er schaute hoch und sagte, anscheinend aus dem plötzlichen Wunsch heraus, mir einen Gefallen zu tun, weißt du was, deine neue Freundin kann uns doch morgen mal besuchen, was hältst du denn davon? Ich lächelte in mich hinein und sagte, ich rufe sie gleich mal an.

18

Der Abend ist zu meiner großen Zufriedenheit verlaufen, von dem Moment an, als sie hereinkam. Ich ging beim Klingeln an die Tür, sie hatte sich hübsch gemacht, ohne übertrieben zu wirken, und ich sah, während ich sie zur Begrüßung in den Arm nahm, über ihre Schulter hinweg, wie Clemens beim Blick in den Flur, bei ihrem Anblick, überrascht vom Sofa aufsprang und schnell seine Hausschuhe mit richtigen Schuhen vertauschte. Ich öffnete eine Flasche Sekt und holte die Platte mit den schwarzen Oliven und dem Käse, die ich vorbereitet hatte, und beim Essen beobachtete ich die beiden wie eine Mutter, die ihren Sohn mit einer angemessenen Partie verkuppeln möchte. Mir fiel auf, mit welchem Appetit Carina zulangte und wie ihr Unterkiefer genauso gleichmäßig und rhythmisch mahlte wie der von Clemens, wenn er die erstaunlichen Mengen Nahrung vertilgt, die sein Organismus anscheinend braucht. Die beiden, nebeneinandersitzend, wirkten auf unbestimmte Art effizient, wie ein Zweitaktmotor bei einer Leistungsdemonstration. Wir waren bald in eine Unterhaltung verstrickt, aus der ich mich immer mehr zurückzog, während Clemens immer mehr sprach. Meine Frau hat erzählt, Sie arbeiten in der Erwachsenenfortbildung, sagte er und erzählte von den Seminaren, die er manchmal gab, und bald führten beide eine kleine Debatte über didaktische Methoden, in deren Verlauf Clemens eine Flasche Wein von der Sorte, die ganz leicht nach Anis schmeckt, herausholte, sein Wein für spezielle Anlässe. Ich legte eine CD auf, die Katze kringelte sich auf meinem Schoß und wollte mit kleinen Käsestückchen gefüttert werden, und es war einer dieser Abende, an dem es erst elf Uhr und dann plötzlich drei ist. Viel später, bevor Carina ging, zeigte ich ihr noch die Wohnung, wobei ich großen Wert auf maximale Genauigkeit legte, ja, um nur nichts zu vergessen, ging ich die Wege meines Tages sogar chronologisch durch. Ich führte sie ins Schlafzimmer, zum Bett, zum Kleiderschrank und dann ins Bad, ich deutete zum Beispiel auf ein hinter dem Schrank verstecktes Regal mit Kosmetika, auf dem auch mein Fön neben Clemens' Rasierapparat lag. Und Carina, die kurz zuvor noch leicht angetrunken schien, wirkte auf einmal sehr konzentriert. Sie stellte sehr genaue Zwischenfragen, präzise wie kleine Pfeilschüsse, etwa, wo die Waschmaschine stünde oder ob wir zwei Telefonanschlüsse hätten.

19

Ich bin auf eine mir bisher nicht bekannte Weise ruhig geworden, geradezu ausgeglichen, seit ich merke, wie von ihrem ersten Besuch an bei uns zu Hause alles ganz von selbst läuft. Carina hat angefangen, immer mal – auf einen Sprung, wie sie sagt – hereinzuschauen, jedesmal fragt sie höflich, ob sie nicht störe, nie bleibt sie von sich aus lange, außer wir drängen sie, und wir drängen sie immer öfter. Sie unterhält sich inzwischen mit Clemens genauso gerne wie mit mir und hat sogar begonnen, kleinere Einkäufe mitzubringen, weil sie oft hier ißt. Umgekehrt beachte ich ihre Vorlieben, lieber Kartoffeln statt Reis, auf keinen Fall Knoblauch. Neulich, am Sonntag, war sie sogar schon vormittags da. Sie bereitete im Wohnzimmer ihren Unterricht vor, die langen Beine auf den blauen Teppich ausgestreckt, überall die Stapel mit Aufsatzkopien um sich herum verteilt. Clemens freut sich beim Nachhausekommen jedesmal, wenn er sie sieht, er nennt sie unseren Sonnenschein. Er hat sich inzwischen so sehr an sie gewöhnt, daß er nach ihr fragt, wenn sie einmal fehlt. Ich finde es angesichts dieser großen Veränderungen in unserem Alltag erstaunlich, daß es insgesamt doch kaum zwei Monate her ist, daß Carina mich auf der Straße ansprach.

20

Es hat angefangen zu regnen, tagelang, klebrige Nässe und kälter werdende Abende kündigen den Herbst an. Schade, sagt Carina, leider, sagt Clemens. Ich laufe in dünnen Kleidern herum, um eine leichte Grippe zu bekommen, damit Carina ins Gästezimmer ziehen muß, um mich zu pflegen, aber meine Konstitution ist besser als angenommen.

21

Jetzt habe ich sogar eine schwere Grippe bekommen, mein Kopf fühlt sich an wie ein Nadelkissen. Carina kümmert sich mit großer Hingabe um mich. Ich habe ihr den zweiten Schlüsselbund ausgehändigt, den sie glücklich wie Petrus den Himmelsschlüssel in Empfang genommen hat. Sie blüht zunehmend auf in diesen Tagen, und auch ich fühle mich geradezu glücklich, weil ich, eingepackt in flauschige Decken und Schals, daliegen kann, ohne auch nur eine Hand rühren zu müssen, mit der Selbstverständlichkeit eines Babys, das noch bessere Tage vor sich hat.

Ich habe immer noch Fieber, Carina pflegt mich, und ich
sehe ihr bei der Arbeit im Haus zu. Sie ist viel geschickter
als ich. Daß hier alles reibungslos vonstatten geht, während
ich krank bin, ist dringend nötig, weil Clemens gerade
einen bedeutenden Prozeß, vielleicht den wichtigsten
seiner Karriere, zu führen hat, und die Hauptsache ist, daß
sich alles um ihn herum harmonisch gestaltet. Sie tut
wirklich, was sie kann, und damit meine ich nicht nur den
Haushalt, sondern auch meine Übersetzung, deren Abga-
betermin näher und näher rückt. Jetzt sitzt sie mit dem
Rücken zu mir, in der Haltung einer Ballettänzerin, an
dem kleinen Wohnzimmersekretär, schreibt und liest mir
manchmal einen Satz vor, den ich mit Lob oder einfach
einem Niesen quittiere. Als es vorhin kühl wurde, griff sie
übrigens ganz automatisch hinter sich an die Stuhllehne
und zog sich meine Strickjacke über. Das einzige, das mich
ein bißchen bekümmert, ist, daß der Katze etwas passiert
sein muß, ein Autounfall auf einer der dichter befahrenen
Straßen hier in der Gegend, nehme ich an, denn sie ist
schon seit über einer Woche nicht nach Hause gekommen
und Carinas und Clemens Suche half nichts, ein Autounfall, das hatte ich schon immer befürchtet.

23

Clemens hat seinen letzten Verhandlungtag, wie alles, was er anpackt, erfolgreich hinter sich gebracht. Er ist heute sehr früh mit einer eisgekühlten Flasche Champagner nach Hause gekommen, von der die beiden mir auch einen Schluck aufschwatzten, einen einzigen, winzigen, von dem allein mich, wohl wegen der Grippemittel, eine bleischwere Müdigkeit überfiel und ein Gefühl von Frieden und sanftem Schmerz, wie ich es lange nicht gespürt habe. Jetzt habe ich einige Stunden geschlafen und bin in einer Verfassung aufgewacht, die so gut ist wie seit Wochen nicht mehr. Vermutlich bin ich schon fieberfrei.

24

Doch davon will Carina nichts hören, ich solle mich noch ein paar Tage ausruhen, sagt sie kategorisch, und ich füge mich ihrem Willen. In mir bereitet sich Ruhe und Melancholie aus: eine neue, nächste Phase des Abschieds.

25

Heute träumte ich seltsam. Ich ging abends die Straße entlang, in der wir wohnen. Es war Abend, schon von weitem das hellerleuchtete Küchenfenster, die Vorhänge nicht zugezogen, so daß ich nicht nur Carina im Profil an der Anrichte gut erkennen konnte, sondern das ganze Zimmer, sogar die Kräuter in den Steintöpfen hinten am Fenster. Carina schnippelte irgend etwas, dabei wischte sie sich immer wieder die Hände an meiner blauen Schürze ab. Ein kleines Mädchen spähte einmal durch den Türschlitz herein, und ich konnte sehen, wie Carinas Lippen sich bewegten, ich wußte in meinem Traum, daß sie gerade sagte, es dauert noch, und ich wußte auch, daß die Szene in der Zukunft spielte und daß es das Kind von Carina und Clemens war. Es war eine friedliche häusliche Szene, die mich angenehm berührte.

26

Ein Traum ergibt sich ja oft aus dem Gedanken, den man unmittelbar beim Einschlafen hatte, es ist, als schlafe man mit offener Hand ein und nehme darin ein Samenkorn mit in den anderen Zustand ... jedenfalls in diesem Fall war es so, daß ich am Vorabend ein Gespräch mit Carina hatte. Es war Mitte Mai, Muttertag, und wir sprachen über das Kinderkriegen, ein Thema, bei dem ich mich mit Clemens bisher nicht einigen konnte. Sie hingegen strahlte und sagte, natürlich, wenn ich den Richtigen gefunden habe. Wenn ich ein letztes Argument gebraucht hätte, so wäre es das gewesen.

27

Mir ist klar, daß ich die Kette der Ereignisse, so reibungslos sie sich auch von ganz alleine aufzieht, theoretisch immer noch aufhalten kann. Aber seit meinem Traum käme es mir wie die Störung einer organischen Entwicklung vor.

28

Wie ich es erwartet hatte, stand Carina vor einigen Tagen
wieder vor der Tür, mit einem Vitaminpräparat für mich,
für das ich mich mit gespielter Begeisterung bedankte, um
es dann mit einem letzten Blick auf die farbigen Tabellen
und die wichtig aussehenden Daten, die auf der Packung
außen angebracht waren, in den Badezimmerschrank zu
stellen, das also braucht der Körper alles. Es wäre allerdings
eine ziemliche Verschwendung, es jetzt noch zu nehmen.
Carina besucht uns wieder fast jeden Tag, und während sie
immer deutlicher an meine Stelle hier im Haushalt und,
als Zuhörerin und Freundin, an Clemens' Seite tritt, habe
ich begonnen, draußen herumzustreunen, mich in Cafés
und Bars herumzutreiben, allein ins Theater und ins Kino
zu gehen, einfach kaum noch anwesend zu sein. Clemens
und sie machen nur freundliche Kommentare über meine
Unzuverlässigkeit, die sie mit dem Nachholbedürfnis einer
Genesenden erklären, obwohl das in keinem Verhältnis
zur Länge und Schwere meiner Infektion steht. Ich hoffe
jedenfalls, daß sie nun endlich die Zeit nutzen, um sich
körperlich ein bißchen näher zu kommen, mir wird ihre
Zurückhaltung langsam lästig.

29

Gestern abend bin ich von einem Ausflug erst spät nach
Hause zurückgekehrt, und da scheint es soweit gekommen
zu sein. Jedenfalls begrüßte mich Carina, als ich eintrat,

mit roten Flecken im Gesicht, und Clemens sagte fahrig und schuldbewußt, ach, da bist du ja. Es kam mir vor, als sei ich der eigentliche Besuch. Ich konnte mich leider nicht recht daran freuen, weil ich noch daran denken mußte, wie ich am Nachmittag die Vorstadt besucht hatte. Allzu lange hatte ich die Gegend nicht mehr gesehen, in der ich aufgewachsen war, und als ich in der Mietshaussiedlung herumlief und die vielen Namen auf den riesigen Klingeltafeln außen betrachtete, Kästner, Witt, Nussbaum, Schult-Aviles, Jordan, Masan, es nahm kein Ende, da habe ich zum ersten Mal meine Mutter verstanden, die dort zu trinken anfing. Doch an diesem Abend verhielten sich alle etwas merkwürdig, und so fiel keinem meine Nachdenklichkeit auf. Wir spielten nach dem Essen, jeder in seine eigene Welt und Grübelei versunken, Mensch ärgere Dich nicht, aber weil keiner konzentriert dabei war und Carina sogar aus Versehen begann, mit meinen Figuren weiterzuspielen, wollte schon die erste Partie kein Ende nehmen. Wir brachen ab.

30

Am gestrigen Abend behauptete ich, einen Anruf bekommen zu haben, eine entfernte Tante von mir sei gestorben, und ich müsse dringend zu einer Beerdigung nach Norddeutschland fahren. Möchtest du über das Wochenende bleiben oder vielleicht auch ein paar Tage länger, fragte ich Carina, ich würde mich freuen, wenn du auf Clemens aufpaßt? An einem Flackern in ihren Augen erkannte ich, daß ihr sowohl die Tatsache, daß es sich beim Tantentod um eine Lüge handelte, bewußt war, als auch die Tragweite meines Vorschlags. Ihr Gesicht war ernst, als sie zurückfragte, willst du das wirklich? Ich nickte, und ihr entglitt ein kleines hysterisches Lachen, mehr ein Gluckser, als sei sie ein Kind, das ein großes Stück Schokolade geschenkt bekommen und sich sofort in den Mund gesteckt hat, und bevor ich mich umdrehte, zögerte ich noch ein letztes Mal, jetzt wäre der Moment, in dem sie etwas sagen könnte. Ich hatte keine Ahnung, was, aber jetzt war der Augenblick, das wußte ich, und ich wartete eine Sekunde und dann noch eine, ich hörte das Blut in meinen Adern ticken, einszweidrei, tickte es, was könnte sie sagen, gab es einen erlösenden Satz? Nein, ihr Gesicht war eine Leinwand, weiß und schön und leer. Ich wartete, daß die Aufschrift *Ende* erschien, wie in den alten Filmen, aber es blieb leer. Das war unerträglich anzusehen, und ich schaute schnell weg. Da sah ich, daß der Napf unserer Katze immer noch hinter dem Schirmständer stand, in meinem Kopf rauschte und tanzte es, zum ersten Mal spürte ich, wenn auch nur kurz, ein Flackern von Angst.

31

Als ich langsam das Stadtviertel verlasse, um in den Wald zu gehen – mein Ziel ist die Autobahnbrücke –, da muß ich mich hin und wieder umdrehen, weil ich glaube, ein kleiner huschender Schatten folgt mir, und ich hoffe, daß es die Katze ist. Ich verrenne mich in die Idee, daß ich die Katze noch einmal sehen möchte. Ich beginne sie zu locken, ich rufe in alle möglichen Richtungen nach ihr, und ich höre auch dann nicht auf, als es dunkel zu werden beginnt. Seltsamerweise ähneln die Bäume im heraufziehenden Abend immer mehr den Dingen aus meinem Haus, das jetzt Carinas Haus ist, nur sind sie viel größer; ich sehe eine überdimensionale Lampe, eine meterhohe Wäschespinne, einen wahnwitzigen Telefonhörer, sie könnten jeden Moment von unheimlichen Riesen in Betrieb genommen werden, ich komme mir zwergenhaft klein vor, wie Alice im Wunderland. Ich laufe und laufe, ohne die Katze zu finden, dabei denke ich an mein Haus und was nun daraus wird, ich laufe so lange, bis ich nicht mehr kann, und dann merke ich an einem gleichmäßigen Brausen, daß ich schon sehr nah an der Autobahn bin. Ich sehe auch die Brücke, aber die interessiert mich jetzt nicht. Ich möchte meine Katze finden, das erscheint mir auf einmal als das Wichtigste überhaupt, alles andere kann warten.

Die Autorin dankt dem Deutschen Literaturfonds für die Unterstützung ihrer Arbeit.

DIE BÜCHER MIT DEM BLAUEN BAND

Herausgegeben von Tilman Spreckelsen

»Dieses Buch hat alles, was ein gutes Kinderbuch braucht. Lebendig und zugleich mit langem Atem erzählt Silke Scheuermann in ›Emma James und die Zukunft der Schmetterlinge‹ eine lustige und herzerwärmende Geschichte mit Abenteuer, Rätseln, Freundschaftsleid und erstem Verliebtheits-Kribbel-gefühl.« *Cornelia Geissler, Berliner Zeitung*

»Für Erwachsene ist es ein Buch, das einem die Augen öffnet für die andere Sicht, die Kinder oft auf Dinge haben – für Kinder ist es eine feinfühlige Er-zählung vom Mut und der Tatkraft einer Elfjährigen, die es mit Hilfe ihrer Freunde schafft, viele Dinge auf die Beine zu stellen. Egal, für welchen Blick-winkel Sie sich bei der Kinderliteratur hier entscheiden – alle sind lohnens-wert!« *Marlis, Schaum, Deutsche Welle*

Silke Scheuermann
**EMMA JAMES UND
DIE ZUKUNFT
DER SCHMETTERLINGE**
Mit Bildern von Franziska Harvey
192 Seiten, Leinen im Schuber
mit Lesebändchen

www.fischerverlage.de

Annika Scheffel
Ben
Roman
Band 19187

»Wenn wir uns treffen, muss es der schönste Tag unser aller
Leben werden, das steht fest. Wenn es nicht der allerschönste
Tag unseres Lebens wird, haben wir uns nicht getroffen. So
einfach ist das.«

»Ein Hosianna auf dieses Debüt.«
Christopher Schmidt, Süddeutsche Zeitung

SWR-Bestenliste September 2010

Fischer Taschenbuch Verlag

fi 19187 / 1

Reinhard Kaiser-Mühlecker
Magdalenaberg
Roman
Band 18744

Katharina, die Frau, die Joseph liebt, geht. Sein Bruder ist
ebenfalls fort, vor längerer Zeit bei einem Unfall ums Leben
gekommen. Joseph bleibt zurück, in einer fremden Welt.

In seiner ganz eigenen, zeitlosen Sprache erzählt Reinhard
Kaiser-Mühlecker von Herkunft und Familie, von Sehnsucht
und Verlust.

»Mit dem Blick auf die Bücher
Reinhard Kaiser-Mühleckers ließe sich sagen:
Existieren ist Ereignis genug. Und in diesem Sinne
erscheinen mir diese Bücher in unserer verarmten
literarischen Landschaft als ein Ereignis.«
Peter Hamm, Die Zeit

Fischer Taschenbuch Verlag

fi 18744 / 1

Anne Weber
Erste Person
Band 19010

»Wenn es einen Charme des Denkens gibt,
ist er hier zu finden: bei einer der wenigen wirklichen
Humoristinnen der neueren deutschen Literatur.«
Martin Krumbholz, Die Zeit

Mit illusionslosem Ernst und spöttischer Lust ergründet
Anne Weber die wundersame Wirkungsweise der Ersten
Person, dieser inneren Recycling-Maschine. Reflexion, Fabel
und Traum verbinden sich in ihrer Prosa mit phantastischer
Leichtigkeit.

Fischer Taschenbuch Verlag

fi 19010 / 2

Ernst-Wilhelm Händler
Wenn wir sterben
Roman
Band 19002

»Was ist der Mensch?
Ein Haufen Fleisch, in Geld eingewickelt?«

Die Geschäftsfrau Charlotte macht sich mit dem Kauf einer mittelständischen Firma selbständig. Ihre Freundinnen, genannt Stine und Bär, helfen ihr dabei, doch letztlich sind sie es, die Charlotte in den Ruin treiben: Durch eine Intrige wird Stine Inhaberin der Firma, und kaum hat sie das Unternehmen an sich gerissen, träumt sie einen anderen Traum – ein Joint venture mit einem mulitnationalen Konzern soll den Zugang zum Weltmarkt öffnen. Als sie dabei auf die Topmanagerin Milla trifft, beginnt ein neues Spiel.

»Das macht die Größe des Buches aus:
Es ist ein Roman, der es mit der Wirklichkeit aufnimmt.«
Ijoma Mangold, Süddeutsche Zeitung

Fischer Taschenbuch Verlag